ÉLÉONORE

DEBEAUVAL,

OU

LES CRIMES D'UN AMBITIEUX.

ÉLÉONORE

DEBEAUVAL,

OU

LES CRIMES D'UN AMBITIEUX;

PAR

Mᵐᵉ. LOUISE DAURIAT,

Auteur de CHARLES VALENCE, etc.

Orné d'une très-belle gravure, dessinée
par CHASSELAT.

TOME TROISIÈME.

PARIS,

CHEZ A. MARC, LIBRAIRE,
Auteur et Éditeur du *Dictionnaire des Romans*
à son Magasin de la rue Rameau, nº. 11, quartier
du Palais-Royal.

1822.

ÉLÉONORE

DE BEAUVAL,

ou

LES CRIMES DE L'AMBITION.

A<small>UTANT</small> qu'elle était admirable pour ses vertus domestiques, reprit M. Edmon, comme s'il n'avait pas mis d'intervalle dans sa narration, autant elle était recherchée pour ses talens aussi brillans qu'aimables. Elle était occupée de nous faire des vaudevilles; chacun se rendait auprès d'elle ; chacun prenait son rôle, se hâtait de l'ap-

prendre; les répétitions se faisaient
sous ses yeux : elle remplissait aussi son emploi. La pièce se jouait
quelquefois moins mal que bien;
quelquefois à merveille; et l'auteur était récompensé de son zèle
au-delà de ce qu'il avait pu espé-
rer. Il n'était point de belle cérémonie si mon Eléonore n'y assis-
tait. Ce que la ville et la cour avaient
de plus spirituel et de plus aimable,
se pressait autour d'elle : elle recevait des hommages de toute
part, et j'étais enivré de ses triom-
phes. Notre ami avait recouvré
sa charmante gaîté, repris ses manières séduisantes, et il était à sa
sœur, car c'est ainsi qu'il appelait

Eléonore, et je crois l'avoir déjà
dit, ce que sont à un beau monu-
ment les ornemens gracieux d'une
savante sculpture. Hélas! on eût dit
que le bonheur ne devait plus nous
quitter.

Notre ami avait déjà tourné plus
d'une tête ; mais il n'était nullement
entraîné à faire un choix. Il semblait
que son cœur n'était plus accessible
qu'au beau sentiment de l'amitié,
lorsqu'une circonstance faillit d'en
décider tout autrement.... Mais,
grand Dieu! quelle circonstance !
puisqu'elle a fait naître nos derniers malheurs ; no smalheurs les
plus affreux, les plus horribles,
puisqu'ils furent à jamais irrépa-

rables!... Oui, je tremble d'arriver à la fin de cette histoire.... Hélas!... aurai-je bien la force d'en achever le terrible récit...

Un soir donc, ou pour mieux dire une nuit que nous assistâmes à un bal que donna la princesse de VV...., parmi les femmes qu'on pouvait y remarquer, se trouvait une belle personne blonde, remplie de grâces, et d'une taille riche et majestueuse à la fois. Cela pouvait seul suffire pour attacher nos regards ; mais, ce qui nous les fit bien plus encore attacher sur cette personne, ce fut la certitude que nous eûmes, le duc et moi, que nous étions les objets tout particu-

liers de son attention ; ce qu'Eléonore nous avait déjà fait observer. Il
paraissait fort que cette jeune dame
cherchait à s'assurer si nous étions
bien ceux qu'elle soupçonnait ; car
elle prit le bras d'un homme d'un
certain âge , et passa devant nous
deux fois sans pouvoir nous cacher, à la seconde , une vive émotion. Alors nous conseillâmes à
notre ami de faire en sorte d'en-
gager une conversation avec cette
dame. Il se hasarda à lui proposer
une walse , ce qu'elle agréa avec
le plaisir d'une personne dont on
remplit les vues. Sa main trembla
dans celle de son cavalier qui la
lui serra involontairement, mou-

vement auquel elle répondit avec
affectuosité. Après la walse , il lui
balbutia quelque paroles trop peu
intelligibles, quoiqu'elles avaient
trait à ce qu'il voulait lui exprimer dans cette occasion ; mais l'é-
tonnement l'emportait sur la bonne
volonté qu'il avait de se faire donner un prompt éclaircissement sur
ce qui se passait entre cette dame
et nous. Je vois bien, lui dit-elle
enfin, que c'est une explication que
vous voulez... Retournez près de
vos chers amis; tout à l'heure je
vais me joindre à vous !... En effet,
bientôt elle vint à nous. Hélas !
dit-elle en nous abordant et posant
sa main sur la mienne , les voilà

bien ces deux amis dont la vertu de l'un reçut sa récompense et fut l'égide de l'autre!... et, en parlant ainsi, ses yeux se mouillèrent d'attendrissement. Vous jugez de notre surprise lorsque nous entendîmes répéter par cette personne les paroles que j'avais dites à mon ami, dans la cave, et en présence seulement des deux braves prussiens. Mais ce n'est pas ici, ajouta-t-elle, le lieu où je puis m'expliquer entièrement. Voulez-vous que j'aille chez vous, ou voulez-vous venir tous trois chez moi? Lequel des deux partis prendrez-vous?... répondez... ne craignez rien. Ah! ce ne sera jamais moi qui compromet-

trai vos jours... j'en jure par la
vertu de l'intéressante et sensible
Eléonore !.. Ici, l'accroissement de
surprise fut énévitable. Nous n'hé-
sitâmes pas à accepter le rendez-
vous chez nous ; l'accent touchant
de cette aimable personne, son attendrissement à notre vue , étaient
pour nous des garans suffisans
de sa loyauté ; et nous fixâmes
le rendez-vous au lendemain à
midi ; après quoi elle s'éloigna
de nous , et disparut. Nous ne
cessions de nous demander qui
avait pu lui transmettre nos propres expressions ; et nous atten-
dions impatiemment l'heure indiquée. A peine est-elle sonnée, que

cette personne arrive; et après
les civilités d'usage et une mi-
nute de repos, voici ce qu'elle
nous dit :

« Ces paroles que j'ai redites hier,
et qui vous ont causé une surprise
si grande, c'est vis-à-vis de moi-
même que vous les avez pronon-
cées... Comment ! vous ne me re-
connaissez pas ?... regardez-moi
donc bien. » Quoi ! dis-je tout
stupéfait, après avoir bien fixé
pour cette fois celle qui nous parlait ainsi, se peut-il ?... Ah ! mon
ami , reprit le duc en m'interrompant, c'est... oui,... c'est !...
le jeune Prussien, répondit tout à
coup cette aimable femme en nous

ouvrant ses bras!... Ah! notre chère
libératrice ! nous écriâmes – nous
spontanément, Eléonore, le duc
et moi en la serrant tour à tour
contre notre cœur, et en la baignant des douces larmes de la reconnaissance... Cette effusion fut
une des plus douces que nous
éprouvâmes. Lorsqu'il nous fut
possible de nous exprimer après
cette délicieuse confusion de nos
âmes, nous la priâmes de vouloir
bien nous raconter comment elle
avait pu prendre le parti des armes, et comment elle avait fait
pour l'abandonner. Nous n'avions
point oublié, comme vous l'imagi-
nez sans doute, de nous informer

du brave soldat en question. Voici
donc ce qu'elle nous raconta :

« Mon histoire n'est pas longue ;
» une heure tout au plus suffit
» pour vous mettre au fait de tout
» ce qui m'est arrivé d'important
» et de remarquable dans ma vie,
» qui n'est pas encore bien avan-
» cée ; j'entre dans ma vingt-sep-
» tième année. Vous saurez que
» de riches qu'ils étaient, mes
» plus chers parens, je veux dire,
» mon père et ma mère, sont de-
» venus pauvres. Je ne gagnais
» point assez pour aider, avec deux
» frères que j'avais, à pourvoir à
» tous nos besoins. Ce fut bien

» pire quand les levées qu'on fit
» chez nous, après avoir enlevé
» l'aîné, allaient nous priver du
» cadet; il faut, dis-je à ma mère,
» garder celui-là; il gagne bien
» plus que je ne gagne; il est bien
» plus capable de pourvoir à la
» maison; il faut donc me laisser
» partir à sa place : qu'on l'habille
» en fille, moi je prends ses ha-
» bits; je suis plus forte, plus
» grande que lui; et, sans vouloir
» lui faire tort, je puis bien dire
» un peu plus décidée. Ainsi, je
» vais prendre ses papiers, et me
» présenter de suite pour partir.
» Mon parti est pris; je vous en-
» verrai ma solde en entier, j'en

» aurai toujours assez , ô ma
» bonne mère! quand je saurai que
» vous éprouvez moins de priva-
» tions ; une femme peut faire l'é-
» tat que fait mon frère ; on le
» prendra sans peine pour telle :
» il n'a point de barbe , il a la fi-
» gure mignonne, la voix douce,
» les manières délicates; profitons
» de tous ces petits avantages dans
» cette circonstance ; cédez à mon
» vœu ; ne craignez pas plus pour
» mes jours que pour ceux d'un
» soldat qui vous serait étranger ;
» car je n'ai pas moi-même de si-
» nistres pressentimens. Je vous
» donne à penser si ma pauvre
» mère, si mon respectable père

» et mon jeune frère, sentirent le
» prix de ma proposition ; ce ne fut
» pas sans peine que je parvins à
» les déterminer à souffrir mon
» éloignement : enfin je payai, non
» d'audace, mais de beaucoup de
» fermeté, et je fus soldat. Je me
» fis singulièrement aimer de mes
» chefs; ils me reconnurent une
» conduite si régulière, une intré-
» pidité si constante, qu'ils me
» promirent de l'avancement: mon
» zèle redoubla; bientôt je me dis-
» tinguai dans plus d'une affaire;
» un trait qu'ils reconnurent pour
» un trait de courage, me valut
» ma première décoration, et j'ob-
» tins la seconde à Waterloo.

» Pardonnez-moi, mes honorables
» amis, si je mêle en ce moment
» un souvenir de ma gloire à ce-
» lui de vos désastres ; mais j'é-
» tais brave pour mon compte :
» ce n'est pas moi qui ai trahi
» la gloire des Français ; leurs des-
» tinées étaient en d'autres mains...
» Le ciel un jour les vengera des
» hommes perfides qu'ils avaient
» si magnifiquement élevés au faîte
» des honneurs... Rassurez-vous,
» Français, le monde entier sait
» bien que vous n'avez pas été
» vaincus ! »

Ici, nous ne pûmes résister à
l'enthousiasme que nous inspirait cette charmante héroïne ;

Eléonore la baisait avec un plaisir inexprimable , et le respec-
tueux duc, notre cher ami, lui
baisait cette main délicate et jolie , qui, pendant plusieurs années, avait été armée d'un cime-
terre... Il regardait sans cesse
cette tête gracieuse qu'un fer ou
qu'une balle ennemie avaient
tant de fois menacée. Il contem-
plait ce front où siégait l'aimable modestie , et qu'une visière
avait trop long-temps dérobé aux
yeux de l'amour. Depuis les feux
dont il avait brûlé pour l'adorable
Eléonore, il n'avait pas encore
senti ni de si vives ni de si douces
émotions.

« Il y a trois ans, poursuivit celle
» que nous écoutions avec tant
» d'attention et de plaisir, que
» notre colonel fut emporté d'un
» boulet et remplacé par M. Wolf,
» entré depuis peu dans les corps
» prussiens ; ce que j'appris par un
» Anglais qui en avait entendu par-
» ler. Le nouveau colonel me
» prit fortement en amitié; il don-
» nait de magnifiques repas où j'é-
» tais toujours admise avec beau-
» coup de déférence et de distinc-
» tion. M. Wolf savait que notre
» général m'estimait beaucoup ,
» que le feld-maréchal de..... me
» portait intérêt, et que tout con-
» courait à me donner de belles

3.   2

» espérances. Aussi, bien loin de
» dédaigner l'officier de fortune,
» malgré toute l'arrogance et l'or-
» gueil dont était rempli M. le
» colonel, crut-il devoir s'em-
» parer de moi, et se faire une
» sorte de mérite de me traiter
» avec tant de bonté. Toutefois
» cette arrogance, cet orgueil,
» qui perçaient à travers l'obli-
» geance et l'affabilité dont il était
» pourvu, n'ôtait rien à la haute
» considération qu'il s'était attirée
» de tout notre état-major.

» Jeune homme, me dit-il un
» jour qu'il me fit déjeuner avec
» lui, vous êtes riche d'honneurs,
» mais point assez de fortune. Moi,

» par exemple, je suis riche ; mon
» traitement militaire est pour ma
» fortune , ce que pour la mer
» est une goutte d'eau ; j'aime voir
» toute chose à sa place ; je sou—
» haite bien sincèrement de pou—
» voir vous regarder comme un
» père regarde son propre fils ; je
» veux me faire un jeune ami,
» afin de me faire supporter l'in—
» gratitude et les injustices de ceux
» dont j'ai eu trop long-temps la
» faiblesse de m'entourer. Ils m'ont
» fait bien du mal... et peut-être
» cela eût-il dû me plonger dans
» cette triste et maussade misan—
» tropie avec laquelle plus d'un
» mécontent prétend se venger de

» toute l'humanité, parce que des

» méchans au ront emprunté quel-

» ques-uns de ses nobles traits ;

» mais mon cœur naturellement

» affectueux ne saurait s'accoutu-

» mer à mépriser les hommes. Je

» ne pense pas qu'il faille les plon-

» ger d'un seul regard dans la

» profondeur du néant : tel homme

» qu'on méprise, a quelquefois une

» longue carrière à parcourir....

» Quel service lui rend-on en le

» méprisant? dans quelque posi-

» tionque se trouvent les hommes,

» je crois qu'il faut les traiter di-

» gnement; je préfère donc les

» punir s'il le faut, même par des

» épreuves rigoureuses : elles seules

» peuvent leur faire acheter une
» expérience salutaire que ne leur
» donnera jamais un mépris inu-
» tile. Si donc vous voulez m'ai-
» der à supporter tout le mal qu'on
» m'a fait et qu'on me fait en-
» core ; si donc vous voulez m'ê-
» tre dévoué bien sincèrement , je
» vous mettrai à même de former
» une alliance convenable, et de
» tenir dans le monde , par la for-
» tune, un rang que vous méritez
» à tous égards. Oui, je donne-
» rais une portion de mon sang
» pour avoir un ami qui fût un
» second moi-même ; je le répète,
» je l'aimerais comme on aime un
» tendre fils. Depuis trop long-

» temps, cet ami, je le cherche par-
» tout ; mais si je cède à tout ce
» qu'inspirent votre tendre jeu-
» nesse, et les vertus dont vous
» êtes déjà doué, vous êtes sans
» doute celui que le Ciel, touché
» de mes vœux, daigne enfin m'en-
» voyer...

   » Ce discours inattendu, et pro-
» féré avec une grâce et une sen-
» sibilité je dirai même presque
» inimitables, me fit une vive im-
» pression , et je rougis en même
» temps..... Ah ! me dit-il avec
» sentiment, et après m'avoir quel-
» que peu considérée , vous crai-
» gnez de trouver un bienfaiteur ;
» mais rassurez-vous ; ce n'est point

» de cela dont j'oserais me glori-
» fier auprès de vous ; c'est seule-
» ment un ami que je veux vous
» donner. Un ami ! repris-je vive-
» ment ; eh ! mon colonel , est-
» il un plus beau présent qu'on
» puisse me faire ? ne m'honorez-
» vous pas assez grandement ? et
» croyez-vous que je doive jamais
» accepter davantage ? Non , vous
» ne voudriez pas qu'il fût dit qu'au
» prix de l'or.... Je n'achevai pas,
» et posai seulement ma main sur
» mon cœur et mes décorations, en
» laissant retomber sur moi-même
» mes regards que j'avais fièrement
» élevés. Quoi ! reprit-il, vous
» voulez m'arracher l'espoir con-

» solant que vous avez fait naître
» en moi ? — Le ciel m'en garde !
» mon colonel; je suis dans les
» dispositions de vous servir avec
» zèle ; confiez-vous entièrement
» à moi, il me sera bien doux de
» pouvoir adoucir vos chagrins, de
» pouvoir vous les faire oublier ; il
» me sera bien doux enfin de vous
» tenir lieu de ce tendre fils que
» votre cœur souhaite si ardem—
» ment. Aimable jeune homme,
» je reconnais tout le prix de vos
» nobles sentimens, me dit-il en
» me serrant la main, ne m'aban—
» donnez pas, mon cœur est trop
» souffrant. Un jour, peut-être, ne
» vous y méprendrez-vous plus !...

» je veux dire que vous saurez que
» les biens d'un ami, sont aussi les
» nôtres;... que les biens d'un père
» adoptif, sont encore, à plus forte
» raison, des biens dont on peut
» disposer...., Puis après un court
» silence, un peu de réflexion,
» et d'une manière expansive: Cher
» enfant!... ne me donnerais-tu
» rien si tu étais un richard, si
» j'étais ton ami, n'ayant pour toute
» fortune que ma paie d'officier....
» si j'avais une mère,... un père,...
» tous deux courbés sous le poids
» de l'âge et des privations,... tous
» deux peut-être.... — Ah ! ciel !
» n'achevez pas ! m'écriai-je avec
» cette sensibilité de femme que

3.   3

» par bonheur il méconnut en ce

» moment, et je versai des pleurs

» que sa main essuya... Va, ne sois

» plus fier, me dit-il en me serrant

» contre sa poitrine : je suis un ad-

» mirateur de tes vertus, de ta

» valeur ; mais il te faut un ami ;

» il faut un appui à ton aimable

» inexpérience, crois-moi....

» Cette scène que l'artifice avait

» préparée, fit tout l'effet que le

» colonel devait en attendre : il

» m'intéressa vivement, et bientôt

» il fut l'objet de ma franche

» amitié ; et, quand il fut bien cer-

» tain de la disposition de mes sen-

» timens à son égard, il me fit

» entrer dans toutes ses confi-

» dences,... il m'apprit que deux
» hommes voulaient sans cesse at-
» tenter à ses jours ; que l'un de
» ces deux hommes était l'époux
» de sa fille ; il me montra une
» partie de leur correspondance
» que par bonheur il avait inter-
» ceptée ; cette correspondance
» m'indigna ; il me raconta com-
» ment il avait échappé à leurs cri-
» minels attentats, et de quelle
» nature ils étaient. Je fus saisie
» d'horreur d'ouïr des détails si
» atroces, et je ne pouvais me
» rendre un compte bien exact de
» la généreuse conduite qu'il sem-
» blait observer même scrupuleuse-
» ment en faveur de ces hommes

» dont il me semblait nécessaire
» d'arrêter l'audacieuse persévé-
» rance ; car, que pouvait lui im-
» porter, dans un cas si dangereux,
» que l'un de ces deux hommes fût
» l'époux de sa fille ? Exigeait-elle
» que son malheureux père s'im-
» molât pour elle ? Une femme
» doit méconnaître, quel qu'il soit,
» le bourreau de son père. Mais il
» avait fait le serment, et il le
» croyait dicté par sa conscience,
» qu'il ne ferait jamais punir ses
» propres enfans. Sa fille, sans par-
» tager les actions du coupable,
» sans être non plus froide specta-
» trice de ces mêmes actions, ne
» méritait guères qu'il s'intéressât

» à elle ; mais enfin elle était sa
» fille.... de plus elle était mère....
» de plus il ne voulait ni la désho-
» norer, ni se déshonorer lui-
» même. Quelle que fût la justice
» de sa cause, il ne pouvait se dé-
» fendre de la puissance de certains
» préjugés ;.... seulement il sou-
» haitait qu'une heureuse circons-
» tance le rendît maître de ses
» cruels ennemis, de ces hommes
» qui l'avaient fait tant souffrir, et
» le faisaient tant souffrir encore...
» Il les obligerait bien, me disait-il,
» à renoncer au crime. A force
» d'entendre ses discours, je re-
» connus le désir outré des ven-
» geances, mais des vengeances

» particulières : je l'en excusai
» d'abord par rapport à l'excès de
» chagrin dont il me paraissait ac-
» cablé; mais un jour, dans l'aban-
» don de ses sentimens vis-à-vis
» de moi, abandon que ma con-
» duite à son égard pouvait bien
» provoquer, il s'exaspéra d'une
» manière si extraordinaire, que
» j'en reçus une fâcheuse impres-
» sion, et je commençai à me mé-
» fier de ma facile confiance en
» tout ce que j'avais entendu jus-
» qu'à ce jour. Je crus devoir ren-
» fermer en moi tout ce que
» m'inspiraient les dispositions de
» l'homme qui se disait si fort mon
» ami; et je m'imaginai tout à coup

» que je pourrais bien rendre ser-
» vice à l'humanité ; car, me disais-
» je, qui n'entend qu'un parti, ne
» saurait rendre justice ; il faut
» plutôt défendre les absens. Tant
» de crédulité finit par m'effrayer :
» épions un peu cet homme ; voyons
» s'il est véritablement digne de
» mon amitié. Je suis jeune, qui
» sait s'il ne se croit pas le besoin de
» corrompre quelqu'un ? et qui
» semble plus propre à corrompre
» qu'un adolescent ? Je lui parais
» tel sous cet habit. Encore une
» fois, épions-le ; et, si j'aperçois
» de coupables vues, je feindrai de
» les approuver pour en découvrir
» encore davantage. Et, si c'est un

» barbare qui m'abuse, ce sera au
» moment même qu'il croira frap-
» per sur ses victimes, que je me
» ferai un devoir de le précipiter
» dans l'abîme le plus profond. Ah!
» si d'injustes vengeances étaient les
» seuls crimes que je pusse décou-
» vrir en tout ceci, que mon cœur
» serait soulagé ! car est-il bien
» possible que des enfans se com-
» portent ainsi ?

» Tel était mon entretien avec
» moi-même. En effet la dissimu-
» lation et le parti que je pris de
» feindre me dessillèrent complète-
» ment les yeux : j'appris qu'au
» prix de l'or, et à mon insu, il
» s'était attaché quelques soldats,

» les plus mauvais sujets du corps,
» ceux-là auxquels on reprochait
» souvent d'affreux excès ; pour-
» tant il avait aussi jeté les yeux
» sur Muller, mon brave compa-
» gnon, qui m'aida si bien à vous
» sauver ; mais celui-ci fut plus fin
» que les affidés qui lui furent en-
» voyés, il ne manisfesta nulle ré-
» pugnance, mais il les pria de le
» laisser réfléchir à leurs proposi-
» tions. Tout cela, vous pensez bien,
» s'argumenta le verre à la main.
» Que fit Muller ? il vint me trou-
» ver et me faire part tout nette-
» ment du fait, en me montrant
» la preuve des premières ouver-
» tures ; c'est-à-dire une pièce d'or

» pour boire à la santé du brave
» colonel, qu'il acceptât ou non de
» se vouer à lui. Que pensez-vous
» de cela ? mon officier, me dit-
» il ; m'ont-ils joué, ou le colonel
» est-il un.... vous savez ce que je
» veux dire ?.... Qu'a-t-il donc
» besoin d'acheter des hommes?
» est-il nécessaire qu'il choisisse
» encore ceux-là que nous mé-
» prisons le plus? Mon officier, si
» ces garnemens-là ne m'ont pas
» menti, notre colonel n'est pas
» franc du collier, malgré tout le
» bien qu'on en dise. Ce n'est pas
» qu'ils m'ont donné des détails, ils
» m'ont dit seulement: Fais comme
» nous; va, le colonel est un brave

» homme, et ta fortune est faite.

» Vous ne répondez mot, mon

» officier ? Un moment, mon ami,

» repris-je, c'est que je réfléchis

» sur ce que tu viens de me dire;

» mais, écoute : ne crains pas de

» feindre de te prêter à ce qu'on

» exigera de toi; reçois tout ce

» qu'on te donnera; viens tout me

» dire,.... ta conduite est celle d'un

» parfait honnête homme, et ta

» plus belle récompense doit être

» dans ton cœur, comme dans

» l'estime des hommes vertueux.

» Conserve toujours cette aversion

» des infâmes corrupteurs; rien

» n'est au-dessus de l'honneur que

» tu en recueilleras. J'ai des raisons

» pour te parler ainsi. Surtout sois
» prudent et fais tout ce que je te
» dis. Et Muller promit de me sa-
» tisfaire en tout point.

» Lorsque nous fûmes pour re-
» venir sur Paris, le colonel me
» pressa plus que jamais d'accepter
» ses dons; ses caresses, ses prières
» étaient sans fin. Pour cette fois
» j'acceptai, et il fut au comble de
» la joie, parce qu'il me croyait
» aussi pervers que lui. Il était im-
» portant alors que je le confirmasse
» dans cette odieuse pensée ; alors
» je le vis tout à découvert, et je
» vis un monstre : il ne tarda pas à
» me dire qu'il avait des affidés qui
» nous serviraient suivant ses vues.

» Bientôt nous aurons les coupa-
» bles, ajouta-t-il, et si leur crime
» est puni, au moins leur honneur
» sera à l'abri ; et ce trait est assez
» généreux de ma part pour qu'ils
» m'en sachent gré. Quant à ma
» fille, je m'offrirai à elle quand
» il en sera temps. Voyez combien
» ce misérable était ivre de ven-
» geance.

» Ce fut par quatre brigands
» qu'il fit assassiner deux de vos do-
» mestiques, dont l'un n'échappa,
» comme vous le savez, que par
» une espèce de miracle. J'étais de
» service alors ainsi que Muller,
» et nous ne sûmes cette atrocité
» que lorsqu'elle fut accomplie.

» Elle lui était venue à la pensée,
» osa-t-il me dire, comme un
» heureux expédient. Et inconti-
» nent il vous fit passer l'avis que
» vous avez reçu. Il paya largement
» le brigand qui l'écrivit sous sa
» dictée, et qui le signa Wolf. Dans
» quelle fureur étais-je alors ! Mais
» le mal était déjà fait, il fallait
» comprimer mes sentimens pour
» prévenir des maux non moins
» funestes ; et, dès ce moment, je
» m'entendis parfaitement avec le
» brave Muller.

» J'eus le courage, car c'en fut
» un, d'applaudir aux moyens dont
» votre affreux persécuteur s'était
» servi afin de vous attirer près de

» lui; il crut à ma louange. Je lui
» promis de bien le seconder, et il
» crut à mon zèle. Il est bien im-
» portant, lui dis-je, que vous ne
» disiez pas tout à vos affidés :
» toutefois il en est un qu'il faut
» excepter ; c'est Muller : je vous
» réponds de lui comme de moi-
» même. J'ai scruté toutes ses pen-
» sées; c'est un homme unique pour
» l'intelligence, selon ce que nous
» pouvons en attendre, et surtout
» pour la discrétion, ce qui est fort
» à priser dans cette conjoncture.
» Tu as prévenu mes intentions,
» mon cher fils, répliqua-t-il, je
» sais fort bien que ces machines-là
» ne sont pas dignes toutes d'entrer

» dans nos secrets jusques à ce
» point. Alors je lui serrai la main
» en signe de satisfaction. Croi-
» riez-vous qu'il fut si joyeux le
» jour que vous arrivâtes, qu'il
» doubla les récompenses qu'il
» avait promises à ceux qui vous
» précipitèrent dans la cave ; qu'il
» donna une fort belle montre à
» Muller, avec une poignée d'ar-
» gent, afin de l'encourager à me
» seconder dans l'exécution dont il
» me chargeait; et qu'il me montra
» en particulier un portefeuille qui
» m'était destiné, et qui conte-
» nait une somme suffisante pour
» m'assurer de bonnes rentes ?
» Vous voyez bien maintenant

» l'opinion qu'il avait de moi. Vous
» jugez si j'avais bien su jouer
» mon rôle. L'honneur qu'il me
» faisait alors en était, je crois,
» une preuve bien incontestable.
» Que de fois j'ai rendu grâces au
» Ciel des soupçons que j'avais
» conçus à temps ! Hélas ! votre
» perte allait être inévitable ; le
» perfide avait tout disposé pour
» cela.

» Nous savions qu'à l'heure que
» nous vous avions indiquée, il de-
» vait être auprès du feld-maréchal
» dont je vous ai parlé, afin de
» traiter d'affaires importantes.
» Quant aux soldats en question,
» comme ils ne devaient point pren-

3. 4

» dre part à l'exécution, ils étaient
» à l'extérieur. Vous saurez que le
» coup devait vous être porté à
» minuit : pourtant vous saurez
» aussi que, quand bien même des
» causes n'auraient pas éloigné
» votre bourreau, nous aurions
» toujours rempli notre but. Nous
» n'étions d'ailleurs qu'avec lui
» dans cette circonstance ; vous
» croyez facilement qu'il n'eût pu
» nous contraindre au crime, et
» qu'au lieu de sortir par le soupi-
» rail, vous fussiez sortis par la
» porte de la maison. Et puis vous
» vous rappelez quelles avaient été
» nos mesures en cas de surprise ou
» d'attaque. Muller, à lui seul,

» valait quatre grenadiers, et je
» valais bien, pour mon courage,
» aux moins deux chasseurs.... Et
» puis, pour vous sauver, je ne
» sais pas trop si je n'aurais pas été
» capable de lasser les efforts d'une
» compagnie entière.. Néanmoins,
» il était temps, et plus que temps
» que vous fussiez dehors. Il était
» rentré une heure plus tôt qu'il
» ne le devait; et comme Muller
» fermait la porte de la cave, il
» s'avançait devant nous, tenant
» un flambeau. Rien n'était moins
» agréable que l'effet que nous
» causa intérieurement cette appa-
» rition. Notre première crainte
» fut qu'il ne nous soupçonnât;

» mais il n'en était pas encore là ,
» tant sa confiance était grande en
» moi. Viens-tu de les voir, me
» dit-il, mon fils ? où en sont-ils ?
» que disent-ils ?.... Je te cher-
» chais..... Ah ! lui répondis-je
» tout aussitôt, ils se résignent à
» leur sort... Pour ne pas mentir,
» je ne pouvais répondre autre-
» ment. Allons , dit-il en tirant sa
» montre , dans deux heures , il
» n'en sera plus question ; et nous
» remontâmes avec lui dans l'ap-
» partement. Vous vouliez les re-
» voir encore , lui demandai-je ?
» Oui , me répondit-il, mais j'ai
» changé d'avis. Et il se jeta dans
» un fauteuil , en changeant de

» couleur. Comme sa pâleur était
» extrême, qu'avez-vous, lui dis-
» je? O mon Dieu! osa-t-il s'é-
» crier, faut-il donc que ce soit
» moi qui punisse mes ennemis! Eh
» bien! repris-je, ne les punissez
» pas, pour peu que vous éprou-
» viez... Non, repartit-il à l'ins-
» tant, et en m'interrompant, je
» ne puis plus reculer; ils me per-
» draient, je ne puis en douter.
» Notez bien qu'une sorte d'effroi
» le tourmentait aussi; qu'il s'a-
» dressait au Ciel autant par ter-
» reur que par hypocrisie; et n'allez
» pas croire que le moindre re-
» mords s'était emparé de lui. Il
» ne balançait pas pour commettre

» le crime, c'était seulement qu'il
» s'arrêtait en chemin, ainsi que la
» bête fauve qui poursuit inhumai-
» nement sa proie, et dont la
» course est un moment interrom-
» pue par un léger bruit, elle ne
» renonce pas pour cela à l'objet
» de sa poursuite.

» Minuit sonne enfin : Allons..
» Muller, dit-il, prends ces pis-
» tolets... et toi, mon fils,... va...
» commande..., et que la volonté
» du Ciel soit accomplie. Muller
» m'a dit depuis, que, s'il ne se fût
» retenu lorsqu'il entendit ces der-
» niers mots, il eût lâché une balle
» dans la tête de celui qui les pro-
» férait. En effet, il fallait être

» bien consommé dans le crime,
» dans la scélératesse, pour mêler
» si effrontément, en un tel lieu,
» l'intervention du Ciel. Toutefois
» il nous rappela... mais j'ose à
» peine vous dire pour quoi. » Ah!
dites tout, lui réplique Eléonore,
plus rien ne peut nous sur-
prendre de sa part. Eh bien,
poursuit cette femme aimable et
sensible, « il nous rappela pour
» nous recommander de vous en-
» fouir le plus profondément pos-
» sible dans cette cave. Ainsi donc,
» selon lui, vous n'en fussiez pas
» sortis plus morts que vifs. Ne
» leur ôtez point leurs habits, ajou-
» ta-t-il, ni leurs montres, ni

» leurs bijoux s'ils en ont, enterrez
» tout cela avec eux. Il suffit, ré-
» pondîmes-nous, et nous nous
» éloignâmes. Aussitôt nous nous
» précipitâmes vers la porte de
» sortie ; nous l'ouvrîmes, et cou-
» rûmes dans le bois voisin où nous
» restâmes jusqu'au moment de
» nous présenter chez notre gé-
» néral. Il n'était pas plus de
» six heures du matin, lorsque
» nous fûmes en face de lui : je lui
» fis ma déclaration franche et en-
» tière ; Muller fit aussi la sienne,
» et nous déposâmes entre ses
» mains, l'argent et les présens que
» nous avions reçus ; nous dépo-
» sâmes pareillement les pistolets

» qui étaient pour servir à l'œuvre ;

» et l'horreur que Wolf nous avait

» inspirée, passa tout aussitôt dans

» l'âme du général. Mais quelle fut

» sa surprise quand après cela je

» lui déclarai mon sexe ! car je

» voulus incontinent me retirer du

» service. Il se rappela alors mes

» faits d'armes, m'honora des titres

» les plus nobles, me rendit les

» hommages les plus empressés, et

» s'inclina jusques à mes pieds !

» Quant à Muller, son étonne-

» ment serait difficile à expliquer.

   » Je priai le général de vouloir

» bien ne pas déclarer mon sexe

» au malfaiteur. Dans son indigna-

» tion, il ne voulait pas le ménager.

3.   5

» Voici pourtant le parti qu'il prit
» à l'égard de celui qui s'était cou-
» vert de déshonneur : il lui or-
» donna de venir près de lui. Wolf
» ne tarda pas à obéir. Dès qu'il
» fut arrivé, le général me pria de
» passer dans la chambre contiguë
» à celle dans laquelle il allait
» le recevoir. Ce fut dans cette
» chambre que nous entendîmes
» les paroles que je vais vous rap-
» porter.

» Reconnaissez-vous ces présens,
» cette somme d'argent et les armes
» que voici, colonel Wolf ? Comme
» vous pâlissez !... Lâche corrup-
» teur du soldat ! que pensez-vous
» qui puisse vous être fait ? Cette

» brusque interpellation confondit
» tellement celui à qui elle était
» faite, qu'il faillit de perdre con-
» naissance. Père dénaturé ! pour-
» suivit le général, quel sort mé-
» ritez-vous ? Vous vous taisez,
» misérable ! vous tremblez ici,
» après avoir ailleurs intimidé l'in-
» nocence ! vous savez que je puis
» à l'instant même faire passer
» sous les yeux du prince le détail
» des horreurs que vous avez com-
» mises depuis hier ! Ah ! sans
» doute, ce n'est pas là votre pre-
» mier essai !... Mon général, ré-
» pondit le coupable en balbutiant,
» on vous a bien étrangement abu-
» sé!... je vous jure sur l'hon-

» neur.... Homme odieux que vous
» êtes, reprit vivement le général,
» ne faites pas un tel serment!
» croyez-vous donc parler devant
» un soldat sans pudeur? et de plus,
» oseriez-vous me soutenir que la
» vertu qui vient ici vous accuser,
» fût capable de calomnier per-
» sonne? Infâme que vous êtes!
» qui peut m'empêcher, au moment
» que je vous parle, de vous faire
» plonger dans un cachot, de
» faire assembler le conseil? Vil
» embaucheur! vil recruteur de
» brigands! voilà donc à quoi vous
» servent vos richesses? Quoi!
» vous voudriez déshonorer, en-
» traîner dans le crime celui que

» ses devoirs, que ses sermens atta-
» chent à son roi et à son pays ? Et
» moi, j'ai pu me souiller à votre
» société ? j'ai pu m'asseoir à votre
» table ? Jugez de mes regrets par
» la rougeur qui couvre mon vi-
» sage, par le sentiment de honte
» que j'éprouve en ce moment.
» Mais, songez-y bien, vous êtes
» maintenant sous ma surveillance;
» la moindre de vos actions me
» sera connue ; et, si elles tendent
» à de nouveaux efforts de scélé-
» ratesse, c'en est fait...... Vous
» m'avez entendu ; c'est assez.
» Sortez d'ici, votre présence ex-
» cite ma colère ; et votre confusion
» me fait autant d'horreur que

» votre crime. Sortez, vous dis-je ;
» et notre colonel sortit à l'instant
» même sans oser proférer un seul
» mot : mais en vingt-quatre heures
» il disparut ; c'est-à-dire qu'il se
» sauva.

» Il était impossible de tromper
» plus promptement la vigilance du
» général.

» Quant à moi, mon aventure
» fit un peu de bruit dans notre
» état-major. On vint me féliciter.
» Le général Bargeny, commandant
» une division anglaise, et lui-
» même Anglais, vint aussi me
» faire son compliment, se prit
» d'amour pour moi, m'offrit sa
» main, et je l'acceptai. Depuis ce

» temps je suis parfaitement heu-
» reuse ; car tout le plus grand plai-
» sir que me cause ma fortune,
» c'est qu'elle me met à même de
» faire le bien-être de mes chers
» père et mère. Mon époux est bon,
» généreux. Secours tous tes parens,
» me dit-il, ma chère amie, nous
» sommes riches, ils sont vertueux ;
» ils sauront jouir de nos bienfaits,
» et ce sera notre plus douce récom-
» pense. Jugez si je me fais une
» illusion de mon bonheur, et si
» je dois aimer mon cher Bargeny !
» et, pour comble de félicité, j'ai
» une petite fille qui sera jolie
» comme la vôtre. Quant à Muller,
» il est passé au grade de lieute-

» nant ; il est aimé, favorisé du
» général, qui ne manquera pas de
» lui faire faire son chemin en fa-
» veur de son incorruptibilité, de
» sa franchise et de sa soumission
» à ses devoirs. Ce bon général qui
» a fait tant de peur à M. le co-
» lonel, se fait, comme vous voyez,
» un mérite de récompenser et
» d'honorer un brave soldat. Le
» désintéressement est une noble
» vertu, et Muller est digne de la
» bienveillance de ses supérieurs ;
» et, en le louant de sa conduite
» lors de l'offre que lui firent des
» soldats pervertis, je voyais et je
» devais voir de loin la récompense
» dont il jouit aujourd'hui. Voilà,

» je pense , de quoi satisfaire vos

» cœurs sensibles et reconnaissans :

» le bonheur de Muller est assuré

» par une protection toute spéciale.

» Voilà tout ce que j'avais à vous

» raconter. »

Et votre bonheur, aimable et
généreuse amie , lui dit Eléonore en
la serrant contre son cœur, nous
satisfait-il moins ? Ah! c'est le seul
plaisir qu'on ne saurait nous défendre , que celui d'applaudir à la
félicité des autres. Jugez de ce que
la vôtre doit nous faire éprouver !
Eh ! qui vous dit donc , aimable
Eléonore , reprend madame Bargeny , que mon bonheur vous
touche moins que celui de Muller ?

peut-être me suis-je mal expliquée ;
mais il est bien certain que je ne
cache point d'arrière pensée. Ah !
cette fécilité ! elle est plus grande
encore, puisque ma bonne étoile
m'a conduite auprès de vous qui
m'appelez votre amie parce que
vous voulez être la mienne pour toujours !... Oui, oui, pour toujours, lui
répond vivement Eléonore. Quant
à notre cher Henri, il pâlit à la fin
du récit de madame Bargeny ; il ne
put se défendre d'une émotion
douloureuse quand il apprit qu'elle
était mariée. Il avait déjà résolu de
lui offrir la fortune qu'il possédait,
un cœur loyal et sensible, en
échange du noble titre de son

époux. La belle Bargeny était la seconde femme qu'il eût adorée; aussi nous jura-t-il que jamais il ne se marierait.

Quel agréable surcroît de société pour nous que madame Bargeny et son époux ! mais sera-ce constamment ? se fixeront-ils auprès de nous, lorsque lui, M. Bargeny, sera retiré du service ainsi qu'il en a l'intention ? Il n'est en Bavière que pour une mission dont il est chargé. Qu'a-t-il résolu ? Nous n'attendons pas long-temps pour le savoir : dès que l'occupation du territoire français par les troupes alliées sera arrivée à son terme, il doit retourner dans sa patrie : c'est là seul que lui

et sa chère bien-aimée se fixeront.
Alors le plaisir que nous ressentons,
n'est plus sans mélange ; et nous ne
pouvons leur en faire un secret.
Mais, quoi ! nous disent-ils, pouvez-
vous tenir plus à vivre ici qu'ailleurs ? nous refuserez-vous de venir
avec nous ? Sachez que c'est notre
plan ; que ce sont nos vœux uniques.
Que ne ferons-nous pas pour vous
faire oublier vos malheurs ! ne
voulez-vous être que trois insépa-
rables amis ? ne voulez-vous pas que
nous soyons liés avec vous par la
même chaîne ? Que devions-nous
répondre à cette touchante proposition ? Nous aurions été au désespoir de passer pour des ingrats ; et

la reconnaissance la plus sincère
nous fit donc vaincre la répugnance
d'aller séjourner, au moins un certain temps, dans une contrée ennemie. Alors notre libératrice fut
au comble de la joie. Hélas ! d'affreux pressentimens étaient loin de
troubler ses esprits ! l'infortunée !...

Toutefois, avant d'entrer dans les
détails que fait supposer cette ex-
clamation, je dois, afin de mettre
quelque ordre dans mon récit, vous
en présenter d'autres qui vous
prouveront tout ce que peut avoir
de bizarre et de cruel la destinée
des hommes.

Je dois donc vous faire savoir
que, quelque temps avant que nous

eussions retrouvé l'intéressante Prussienne , la propriétaire de la maison que nous occupions , avait recommandé à Eléonore , dans les expressions d'un vif intérêt , une personne honnête et malheureuse pour qu'elle voulût bien lui donner de l'ouvrage , s'il y avait possibilité. Dans un tel cas , Eléonore , comme vous le pensez bien , devait trouver cette possibilité. La personne si bien recommandée , brodait et travaillait en linge ; Eléonore la fit donc venir , et reconnut aussitôt que ce n'était point une personne ordinaire. Un jour, pour mieux s'en convaincre, elle conversa avec elle. Des répliques spi-

rituelles, sages, et proférées avec
candeur, achevèrent de piquer la
curiosité d'Eléonore. Surtout ce qui
dénota que la situation de cette dame
avait quelque chose d'étrange pour
elle, ce fut la rougeur qui lui cou-
vrit le visage quand Eléonore lui
remit le montant d'un petit mémoire qu'elle s'était fait demander
plusieurs fois. Enfin, quelques mois
se passèrent sans qu'elle nous parût
moins intéressante, et par conséquent sans qu'elle nous donnât
moins le désir de pénétrer dans des
secrets dont son ton, ses manières,
son affabilité et la mélancolie dont
ses traits étaient vivement em-
preints, faisaient supposer l'exis-

tence. Il arriva qu'elle tomba dangereusement malade. Il y avait, comme je viens de le dire, quelques mois que nous la connaissions. Éléonore ne manqua pas de se transporter auprès d'elle. A la vue de cette jeune femme sensible, la malade répandit quelques larmes et lui baisa les mains ; ce fut là son seul discours pour cette première visite ; mais, à la seconde, en les lui serrant bien affectueusement : Belle Éléonore, lui dit-elle, que vous êtes heureuse d'avoir été respectée par le sort et les hommes ! Hélas ! cette autre infortunée ignorait tout le mal qu'elle causait à Éléonore en lui adressant ces pa-

rôles d'après lesquelles il était impossible de douter que madame
Albert, car c'est ainsi qu'elle se
faisait appeler, n'eût de grands secrets à révéler à ceux qui lui pa-
raîtraient dignes de sa confiance.
Eléonore la conjura de modérer sa
douleur, de se tranquilliser pour
aider à son prompt rétablissement.
Je vous offre, lui dit-elle, toutes
les consolations que peut souhaiter
un cœur sensible et malheureux.

Les exhortations d'Eléonore ne
furent point inutiles, ni les miennes,
ni celles de notre Henri, qui voulut aussi aller voir la malade ; et, à
l'aide de tous les soins que son état
exigeait, elle atteignit en peu de

temps une parfaite guérison, et son premier hommage fut celui de la reconnaissance. Ah! soyez, nous dit-elle le premier jour qu'elle put se transporter auprès de nous, soyez les chers dépositaires de toutes mes peines; daignez agréer cette marque de mes sentimens reconnaissans, et que la confiance soit en même temps pour moi une bien douce consolation! Combien mon cœur va se sentir soulagé en s'épanchant auprès de vous qui, tous trois, faites votre bonheur de la vertu; et, après un peu de silence, ce fut ainsi qu'elle nous raconta ses malheurs.

« Je suis née à Varsovie l'an

1765. Mon père était grand-pala-
tin de Pologne , et j'étais destinée
à un des proches parens du roi
Poniatowski , en récompense des
services que mon père avait rendus
à ce prince , près de la Grande-Ca-
therine. Mon beau-père futur avait
des richesses immenses ; il pouvait
espèrer , après la mort de Poniatowski , que son fils l'emporterait
dans les élections sur ses concur-
rens pour l'acquisition du trône ;
car vous n'ignorez pas que ce trône
électif durant un assez long temps
fut adjugé au plus offrant. Pour
preuve de cette vérité , rappelez-
vous ce prince français à qui le
trône n'échut pas faute de deux
cents mille écus qu'il ne put ajouter

à la somme proposée par le ministre de France (1). De plus, mon père plaisait assez à Catherine ; il avait été à son égard, comme à celui de Poniatowski, dans plus d'une confidence.

En attendant que la promesse faite entre les deux familles, reçût son effet, je croissais avec d'heureuses dispositions. J'apprenais facilement tout ce qui pouvait constituer l'excellente éducation qu'on voulait me donner ; j'entrai même en lice avec plusieurs fils de palatins, et je remportai plus d'une fois

_____

(1) Ce fut un prince de *Conti* qui était en concurrence avec Frédéric-Auguste, électeur de Saxe, et les fils de Sobieski, surnommé l'Invincible.

des prix qu'ils étaient bien près de
mériter. Mon père en était ravi ;
car, s'étant mis dans l'esprit qu'il
se pourrait bien qu'un jour je fusse
reine de Pologne, il trouvait que
je surpassais même ses espérances.
Il attendait avec une extrême impatience que ma dix-septième année
fût écoulée, car elle marquait préci-
sément l'époque de mon mariage.
Il n'avait plus qu'un an à souffrir de
cette impatience, lorsqu'un vieux
palatin de ses amis lui présenta, en
le lui recommandant avec chaleur,
un jeune Français d'une beauté magnifique, accompagnée des grâces
les plus séduisantes ; mais, ce qui
donnait le plus d'éclat à ces riches
dons de la nature, c'étaient et ses

talens et son esprit. Aussitôt le jeune
protégé fut accueilli de mon père ;
la confiance ne tarda pas à suivre
l'intérêt qu'il venait de lui inspirer ;
c'est-à-dire que mon père le char-
gea de plusieurs missions fort délicates, dont il s'acquitta de la manière la plus satisfaisante.

Je ne pus me dissimuler long-
temps la vive impression que ce
jeune homme avait faite sur moi ; et
celle que je fis sur lui ne me parut pas moins vive. Il redoubla de
zèle et d'activité, et mon père redoubla de bienveillance et d'amitié. Jamais celui qu'on appelle un
simple citoyen, n'avait eu tant
d'ascendant sur le comte de Woronski mon père, lui qui n'admet-

tait dans ses familiarités que des seigneurs qui, s'ils ne l'égalaient en pouvoir, devaient au moins s'en rapprocher par leur origine; lui qui comptait ses aïeux depuis la conquête de la Russie par Boleslas premier; ce qui date, comme vous voyez, du dixième siècle.

Admis ainsi près de mon père, et plaisant beaucoup à la comtesse ma mère, ce jeune français recevait aussi de moi un accueil bien favorable; mais, sous prétexte d'imiter mes parens, j'osai me permettre de lui laisser entrevoir que je n'étais point indifférente à ses soupirs; ses soupirs et ses regards furent quelque temps son seul lan-

gage, sa bouche n'osant avouer ce
qu'il leur permettait d'exprimer.
Mais mon âme était éprise et trop
ardente ; car, malgré toute laré-
serve que je sentais qu'il fallait
m'imposer, il reconnut bientôt
qu'il pouvait se hasarder. Avec quel
feu il me peignit son amour aussitôt qu'il put en saisir l'occasion !
Comme sa bouche était brûlante
lorsqu'il l'appliqua sur ma main
tremblante dans la sienne ! Quelle
rougeur couvrait son visage ! et, à
travers ses yeux animés, que de-
vins-je lorsque je vis rouler des
larmes qui témoignaient les délices
qu'il éprouvait en me faisant connaître toute sa passion ! Retirez-

vous, lui dis-je, retirez-vous; si mon père nous surprenait, nous serions perdus! Il obéit à l'instant même, et je sentis alors que je l'aimais plus que ma vie.

Nous eûmes recours à la correspondance; la plus jeune de mes femmes remplit fidèlement nos vues sous ce rapport. Mon amant me parlait d'unir sa destinée à la mienne; il avait recours à ce langage naturel qui repousse et détruit cette distance que le préjugé oppresseur met entre elle et les citoyens; il me faisait abhorrer l'aristocratie; et si d'abord en secret, par mon amour pour lui, je rejetais le mariage auquel on allait me con-

3. 7

traindre sans doute, je le rejetai
bientôt aussi par l'opinion qu'il
m'inspirait si facilement contre cet
odieux préjugé. Nous en étions à
déplorer notre amour malheureux
par les nombreux obstacles qui se
préparaient à le combattre dans
ses plus douces espérances, quand
mon père m'annonça que le jeune
seigneur que je devais épouser,
était sur le point d'arriver, et qu'en
conséquence mon hymen aurait
lieu dans quinze jours au plus tard.
C'était bien peu de temps pour me
préparer à obéir. Nous venions
d'entrer dans le mois de janvier de
1782, et depuis un an j'étais en
proie à l'amour le plus vif. A cette

nouvelle, quelle était la situation
de celui qui l'avait fait naître! Hélas! je crus qu'il allait mourir de ses
cruelles douleurs; mais, moi, qu'o-
sai-je faire ? Je me jetai aux pieds
de mes respectables parens; et là je
me crus plus autorisée à protester
tout en pleurs, et dans le langage du
désespoir, contre les liens qu'ils voulaient m'imposer. Quel effet produisit sur ces parens chéris cette protestation inattendue! J'étais adorée de ma mère, et peut-être non
moins de mon père; mais sa gloire,
sa fierté, allaient lutter contre sa
tendresse; et je devais m'y attendre.

D'abord tous deux me relevèrent
avec la plus vive émotion. Ma

mère surtout ne put résister à sa
sensibilité; mais mon père, peu de
temps après, comme si sa raison et
son honneur se trouvaient déjà
compromis, m'accusa de folie ou
d'ingratitude, et manifesta très-
impérieusement sa volonté. Vous
lui tiendrez plus tard un tel langage, monsieur, lui dit alors ma
mère; songez que vous parlez à
notre fille chérie, à notre unique
bien; vous voyez sa position. Je
désapprouve ses refus, mais enfin
je veux en savoir la cause. Mon
père alors se retira, mais en recommandant à ma mère de me
rendre obéissante.

En vain cette tendre mère m'in-

terrogea sur les causes qui me faisaient repousser une alliance si ho-
norable. Déjà je sentais toute ma
faute ; non pas de mépriser les préjugés qui s'opposaient au choix que
mon cœur avait fait , mais d'affliger des parens si respectables. Je
passai la nuit qui suivit le jour de
ma protestation , dans une agita-
tion bien pénible , et j'écrivis tout
ce qui s'était passé entre eux et moi
à celui qui ne m'avait déjà que
trop exposée à m'aliéner leurs
cœurs. Voici la réponse qu'il fit à
cette lettre qui peignait la douleur que je ressentais d'affliger les
auteurs de mes jours ; qui dénotait
combien je reconnaissais l'impor-

tance de mes devoirs ; qui n'exprimait que trop l'amour que j'avais
pour lui, et la violence que je
me faisais pour ne pas être un
modèle d'ingratitude et de scandale. La voici cette réponse ; elle
est restée dans ma mémoire.

« Vous que j'aime, que j'ido-
» lâtre, obéissez Lodoïska ; mais je
» jure sur mon honneur que le jour
» de la félicité de votre époux sera
» celui de ma mort : telle est ma
» résolution. Obéissez, je ne veux
» pas vous devoir la vie et le
» bonheur au prix d'une seule
» de vos peines. Je me ferais hor-
» reur à moi-même si j'exposais
» votre père à maudire en vous.

» un ange qui lui est envoyé par
» le Ciel pour le consoler dans
» sa vieillesse ; je me ferais hor-
» reur si je rendais vos parens si
» coupables que de méconnaître
» un cœur tel que le vôtre, parce
» qu'il se serait laissé entraîner aux
» sentimens que la raison et la
» nature n'ont jamais désapprou-
» vés.

   » Oui, si j'étais un grand sei-
» gneur, il me serait permis d'as-
» pirer à votre possession ; il vous
» serait permis de m'aimer ; mais
» pourrais-je donc vous être plus
» dévoué, pourrais-je donc être
» plus esclave de vos charmes et
» de vos vertus ? Mais je vous en

» ai dit assez sur la noblesse et les
» préjugés. Je vous perds, il me
» suffit de savoir que mon devoir
» est de m'offrir en sacrifice pour
» celle qui m'apprit à aimer pour
» la première fois. Hélas ! n'en
» doutons pas, c'était à ce prix
» que je devais recevoir les douces
» impressions du plus beau senti-
» ment que l'homme puisse éprou-
» ver ! Cette belle main que j'ai
» pressée dans la mienne, et sur
» laquelle j'ai appliqué des baisers
» ardens, et répandu de douces
» larmes ; cette voix divine qui a
» répondu à mes accens ; ces mots :
» Je vous aime ; cette taille qu'il
» me fut permis de presser dans

» mes bras au bal donné chez
» l'ambassadeur français ; cette
» haleine suave, ce souffle enchan-
» teur, que je respirais alors ; ces
» soupirs qui répondaient à mes
» soupirs ; ce cœur qui s'agitait
» et suivait les battemens de mon
» cœur, ne furent-ils pas la source
» de mille délices plus parfaits les
» uns que les autres ; et seraient-
» ils donc trop payés de ma vie ?
» Non, Lodoïska, non, la plus
» adorée des femmes !... j'ose seu-
» lement vous demander une place
» éternelle dans votre souvenir :
» c'est ainsi qu'il en devait être ; et
» je meurs encore trop heureux, si
» mes derniers soupirs vous font

» répandre quelques larmes ! »

En fallait-il davantage pour exas-
pérer l'âme d'une jeune personne de
dix-sept ans ? il en avait vingt-cinq
celui qui m'adressait une telle
réponse ! Voici celle que je lui fis à
mon tour. « Qu'avez-vous osé m'é-
» crire ?... Vivez , je vous l'or-
» donne; et je vous jure que je n'au-
» rai jamais un autre époux que
» vous; ma résolution est prise. Re-
» venez ce soir, que je vous revoie.
» Votre lettre m'a fait un mal af-
» freux! Avez-vous voulu m'éprou-
» ver ? vous avez bien réussi. Adieu
» donc jusqu'à ce soir. Tâchez que
» mes chers parens ne s'aperçoi-
» vent pas de votre affliction. »

La nuit que j'avais passée ainsi que je viens de vous le dire, avait été une nuit de véritables tourmens pour mon cœur. Ma mère me conjura en larmes de tout lui avouer. O bonne et adorable mère! j'ai pu résister à tes instances! fille coupable que je fus alors!... Eh! de quoi ne m'aurais-tu pas préservée!

Mon père avait repris toute la fermeté de son caractère, et ne parlait plus qu'avec la sévérité d'un père qui sent mieux qu'une fille que trompent ses sentimens, ce qui peut la conduire à sa véritable félicité; et ma mère avait en lui un athlète à combattre. Ma pâleur,

mes yeux rougis par les pleurs,
les soupirs qui sortaient successi-
ment de mon sein, étaient un supplice pour ma mère, et ne m'atti-
raient, de la part de mon père, que
des épigrammes, des expressions de
dédain ou de dérision ; il ne me
ménagea pas devant mon cher
Casimir de Beauval ; car.... Ici,
Eléonore, le duc et moi, nous
nous regardons et faisons un mou-
vement si involontaire et si spon-
tané, que s'interrompant tout à
coup : Quoi ! nous dit cette dame,
connaîtriez-vous?... Poursuivez, lui
répond Eléonore très-émue, et tout
en voulant cacher son trouble...
poursuivez, madame, je vous en

conjure. Alors après une petite
pause et reprenant sa narration :
car tel est le nom de celui que j'a-
dorais ! Cette soirée fut une des
plus pénibles pour moi ; de Beauval se garda bien de répondre un
seul mot aux discours que mon père
débitait contre moi ; mais il dévo-
rait en secret le dépit qu'il en éprouvait, et surtout quand mon père
vantait l'illustration du mariage qui
ne me causait que de la répugnance. S'il eût osé, il aurait fait
éclater toute son humeur ; mais il
fallait se contraindre : être chez
mon père, c'était presque figurer
à la cour ; il fallait s'y observer
jusqu'à la plus parfaite dissimula-

tion. De Beauval, selon ce qu'il
m'avait dit, ne pouvait supporter
l'idée que l'on prisât les titres au
détriment de la vertu, et que l'on
sacrifiât son bonheur personnel ou
celui de ses enfans à ce qu'il appelait de ridicules chimères, des
travers pernicieux et indignes des
hommes qui savent s'honorer de
leur condition purement humaine.
Vous pensez que je devais être fort
de cet avis, d'autant plus que la
nature et le bon sens m'y con-
viaient; je pensais même que la plus
simple des citoyennes devait avoir
plus de dignité que moi, fille de
comte et de comtesse. Je voyais
dans Casimir de Beauval un mo-

dèle de grandeur ; j'avais lu avec le
plus grand plaisir les histoires de La-
cédémone, d'Athènes et de Rome,
qu'il m'avait apportées, comme
étant une des meilleures éditions
françaises qui aient encore paru.
Je trouvais dans toute la sincérité
de mon âme que là, où l'homme
ne perdait rien de sa gloire et de
son indépendance, il y avait un
bon gouvernement et beaucoup de
moyens de remédier aux abus qui
pourraient s'y glisser ; enfin, j'étais
fort convaincue que les hommes
n'ont de distance entre eux que
celles qu'y mettent le vice ou la
vertu ; et ma bonne foi en cela
avait de quoi toucher vivement de

Beauval, si.... mais continuons.

J'étais bien près de ce que j'appelais mon plus grand malheur; le jeune seigneur était arrivé, j'en étais au désespoir ; et la douleur, et les angoisses de l'inquiétude, n'accablaient pas moins celui sur qui toutes mes vues, toute ma pensée, se portaient. Quant à mon père, il eût été loin de soupçonner nos intelligences, lui à qui on n'aurait jamais pu faire comprendre qu'un simple citoyen peut l'emporter sur tous les palatins du monde.

Que faire enfin ? que devenir ? Le temps courait avec la plus grande rapidité; et, persistant dans le silence vis-à-vis de ma mère, je ne prends

conseil que de mon amant, qui, emporté par le désir de me posséder,
me propose aussitôt d'aller en Angleterre avec lui pour lui donner le
titre de mon époux. Je me charge,
me dit-il, d'obtenir ensuite et pour
vous et pour moi le pardon de vos
chers parens. Malheureuse que je
suis! l'amour l'emporte sur mon
devoir; les accens persuasifs de de
Beauval m'entraînent; et, tout en
chérissant les auteurs de mes jours,
je trouve ma consolation dans la
certitude que j'ai alors, qu'ils ne
pourront faire autrement que de
me pardonner dans les intérêts
même de leurs préjugés : telles
avaient été les expressions de de

3. 8

Beauval, le seul homme sur la terre
que je jugeais capable d'assurer
mon bonheur. Ah! si vous l'eussiez
entendu alors que je le consultais,
je n'en puis douter, il vous eût
aussi paru bien éloquent!... et cette
éloquence devait suffire pour me
convaincre..... Comme son amour
passionné me semblait comporter
d'innocence et de pureté! Le moment de ma fuite est donc assigné;
les ombres de la nuit seront compli-
ces de ma coupable imprudence; ma
promesse est donnée irrévocable-
ment.... Oui, je vais fouler le
sol Anglais.... Encore quelques
heures,... et ma mère va rede-
mander Lodoïska à l'univers même!

La nuit qui devait favoriser une
action à laquelle le plus grand excès
d'imprudence pouvait seul me porter, fut précédée d'un bal donné
chez mon père, et où le comte de
Silno, mon futur époux, se montra
dans toute sa magnificence; mais
j'aimais trop mon cher de Beauval
pour trouver de véritables attraits
dans ce jeune seigneur. De Beauval,
d'ailleurs, attirait bien plus les regards des femmes qui présidaient à
cette brillante soirée : il était plus
beau que le comte; il avait bien
plus de dignité dans toute sa personne; et je vis bien que le seigneur
polonais n'aurait pu avoir quelque
éclat qu'en l'absence de son rival.

Jugez si j'étais glorieuse de ce que
de Beauval était le plus beau de
tous les hommes qui s'offraient à ma
vue dans cette nombreuse réunion !
Ma mère ne put même se défendre
de donner son approbation d'une
manière très-affirmative à ce juge-
ment que portaient unanimement
toutes les dames qui nous entou-
raient.

J'étais la seule qui paraissait le
moins m'occuper de ce que j'en-
tendais à cet égard. Le comte dé-
ployait auprès de moi toute la
galanterie possible, et j'y répondais
avec les bienséances accoutumées,
et avec un air et des façons qui
plurent tellement à mon père,

qu'il vint auprès de moi ; et , me
serrant doucement le bras , laissa
échapper comme involontairement
des témoignages flatteurs de sa satisfaction.

Qui eût pu se douter alors que la
fille du comte de Woronski allait
s'évader la nuit même du sein de
tout ce qu'elle devait avoir de plus
cher au monde ? Qui eût dit qu'une
fille qui venait à peine d'atteindre sa
dix-septième année , avait résolu de
déchirer l'âme d'une mère sensible
et douée de la plus rare bonté ? qui
eût pensé que celui qui était comblé
d'égards , de bienveillance par cette
respectable famille , en avait médité
le déshonneur en séduisant une

fille trop innocente dans ses feux ,
pour qu'il n'eût pas eu la possibilité,
en abusant de tant de faiblesse, d'en
faire un modèle d'opprobre ?

Rentrée dans ma chambre , il me
tarde d'y être seule, absolument
seule. A peine suis-je sans témoins ,
que je prends une plume, du pa-
pier, de l'encre ; que je veux écrire ,
et ne le puis : alors, je vais, je viens,
je tremble ; je compte les heures ,
les quarts, les minutes : mes pensées
roulent dans mon esprit avec une
impétuosité semblable à celle dont
la mer, au moment d'une tempête,
roule ses flots. Je ne sais ce que
je vais faire ; je me représente ma
mère toute éplorée ; je me repré-

sente le juste courroux de mon père;
je frémis, j'hésite ; mais le moment
s'avance ; deux heures du matin
vont sonner ! Tout est calme autour
de moi, le froid est excessif ; mais
mes sens agités ne sauraient en être
saisis ; mon crime me tourmente au
plus haut degré, car je ne me le
dissimule pas; mais j'ose le croire
réparable. Je me dis, en contem-
plant les traits chéris de ma mère,
elle me reverra ; je vais épouser
l'homme qui seul va faire ma félicité. Cette mère, si juste et si sensible, n'attribuera qu'à la crainte
d'un refus, pour moi plus affreux
que la mort, cette résolution que
j'aurais bien voulu ne jamais pren-

dre. Mes intentions sont pures, de
Beauval saura plaider notre cause ;
plus la faute paraît grande, plus
notre éloquence aura de force. O
mes chers parens! je vous chéris,
oui, je vous chéris ; mais les préjugés vous abusent; les préjugés
privent vos âmes, faites pour toutes
les vertus, de ce bonheur commun
à tous les hommes ; mais ces préjugés vous les rejeterez bientôt. Non,
vous ne pourrez résister aux prières,
aux larmes de vos enfans; vous ne
voudriez pas les voir mourir de
douleur à vos pieds pour racheter
un crime qui n'en serait pas un sans
ces mêmes préjugés, premiers corrupteurs des affections les plus res-

pectables!... Ah! si vous saviez
tout ce qui se passe en moi au moment que je parle ! ma mère ! mon
père ! et vous, ô mon Dieu ! ayez
donc pitié de mon âme éperdue!...
Ici l'amour et la nature me livrent
un si grand combat, que je n'en
puis plus ; j'étouffe, je suffoque, et
mes larmes enfin coulent avec abondance. Mais bientôt le signal est
donné ; j'entends de Beauval, il est
au bas de ma fenêtre ; je l'aperçois
dans l'ombre ; il place une échelle
contre le balcon ; il y monte, je
recule, et suis prête à pousser un cri :
aussitôt il s'empare de mes mains,
les couvre des baisers les plus ardens, frémit de mon état d'hésita-

tion ; me conjure, me supplie ; me
nomme des noms les plus doux ;
tout son corps est ému, il est hors
de lui-même, et nous voilà tous
deux dans une situation difficile à
décrire. Cependant il faut le suivre
ou le voir se percer de son épée !...
et cette terrible menace me rend
une partie de mes forces. Je me
place donc sur l'échelle, je n'ai
que d'un entresol à descendre ; il
me soutient à chaque échelon duquel je descends, et nous arrivons
ainsi au bas de la maison. Il se hâte
de coucher l'échelle contre le mur,
m'emporte dans ses bras, et, en
moins de cinq minutes, je me
trouve dans une chaise de poste où

je suis à peine assise, que je m'é-
vanouis. Par le moyen de sels spi-
ritueux, de Beauval, qui me tient
dans ses bras, qui me presse contre
son sein, et mouille mon visage de
ses larmes, parvient à me faire
recouvrer l'usage des sens. Oui,
madame, de Beauval versait des
larmes ;.... alors aurait-il donc
senti des remords ou de la pitié? Ce
n'est point à des âmes honnêtes et
pures commes les vôtres qu'il faut
en imposer sur les faits; et, quand
je vous raconte ma malheureuse
histoire, je trouve un assez grand
soulagement dans la vérité la plus
exacte. Or, il n'y a rien de plus certain que si mon opprobre eût été

consommé dans le trajet que je fis
avec mon ravisseur, des bords de la
Vistule près de ceux de la Tamise,
je vous en ferais l'aveu tout entier ;
mais, loin de cela, il observa pendant tout ce temps, quoique véritablement épris de mon peu de
charmes, un respect qui ne fit qu'a-
jouter à ma confiance ; et, s'il eût été
possible, qui n'eût fait qu'ajouter
à mon amour pour lui. Les appa-
rences des intentions les plus loyales
devaient me suffire : hélas! à dix-
sept ans, la conviction ne souhaite
pas l'évidence.

Ce fut à Chatam, petit village
près de Rochester, que nous nous
arrêtâmes. De Beauval y fit meu-

bler pour moi seule, et en peu de
jours, une petite maison où toute
l'élégance française me parut être
déployée. J'y reconnus les soins
d'un amant aimable et délicat, et
j'y fus on ne peut plus sensible.
De Beauval fut ravi de mes appro-
bations; et, pour mieux lui prouver
ma gratitude envers ses bons pro-
cédés, il faut, lui dis-je le jour
même où j'occupai mes nouveaux
appartemens, nous marier dès demain. Oui, ma chère Lodoïska,
me dit-il en me baisant les mains
avec transport; oui, bientôt je vais
être le plus heureux des hommes.
Peu de temps après il se retira; et
il était alors deux heures après

midi. Il revint vers les cinq heures
du soir.

Je ne voulus à mon service qu'un
domestique , une cuisinière et une
jeune femme-de-chambre que je
m'empressai de prendre , parce
qu'elle me parut aussi aimable que
jolie.

De Beauval revint , dis-je , à
cinq heures du soir. Pendant son absence , comme j'avais été livrée aux
angoisses de l'inquiétude! Que de réflexion pénibles j'avais faites malgré
moi, et comme il me tardait d'être
avec de Beauval au pied de l'autel !
Aussitôt qu'il entra, j'allai au-devant de lui. Eh bien ! lui demandai-je vivement , est-ce pour de-

main? Ah! qu'il est lent à venir le moment qui doit arracher à leur cruelle douleur les chers auteurs de mes jours? Rassurez-vous, me répondit-il, j'ai plus d'impatience encore que vous de nous voir unis pour jamais. Ne vous alarmez pas si ce n'est pas encore demain.: O ma chère Lodoïska! c'est moi seul qui dois en souffrir; et il se jeta aussitôt à mes pieds. Je ne l'avais jamais vu si ardent et si libre à m'exprimer ses feux; et, au bout de deux heures, je ne reconnus plus le même homme dans de Beauval, quoique non moins aimable cependant; mais il n'avait plus cette réserve qui m'avait donné tant de sécurité dans notre

voyage et jusqu'à ce moment. Je
m'en plaignis ; mais il avait une
figure si charmante., un accent si
doux, et surtout une manière si
vraie de s'excuser , de se justifier ,
que je fus presque confuse des reproches que je venais de lui faire..
Pourtant onze heures de la nuit
vont sonner, je veux qu'il se re-
tire dans la maison où il loge ; il s'y
oppose, et je n'ai pas le courage
d'insister , car il fond en larmes à
mes genoux : il me conjure de lui
ôter la vie plutôt que de le croire
indigne de moi, parce qu'il n'a plus.
la force de résister à l'empire de
mes charmes. Les représentations
que je lui fais afin de le calmer , ne

servent qu'à l'exciter davantage au
désespoir ; et bientôt il tombe sur
le plancher dans un état d'irritation
complète. Toute hors de moi, je
sonne alors ma femme-de-chambre,
le domestique accourt aussi, et
nous lui prodiguons des secours qui
paraissent trop long-temps inutiles.
Le délire s'est emparé de lui ; il
parle de son amour, il m'appelle,
il me cherche quand je le tiens
contre mon sein. Que va-t-il devenir ? va-t-il expirer ? Je pleure,
je gémis, je l'appelle à mon tour ;
et ma voix et mes larmes semblent
enfin adoucir son mal. Aussitôt
qu'il se sent un peu rendu à lui-
même, il veut être seulement avec

moi; j'y souscris, et mes domestiques
sont à peine retirés : O trop adorable
amie ! me dit-il, avec une altéra-
tion de voix et un désordre qui le
rendaient, si j'ose bien m'exprimer
ainsi, plus séduisant encore : O ma
Lodoïska ! après tant de soins,
après tant de bontés, marques
de l'amour le plus pur, que ne vous
dois-je pas ? Puis, tout à coup, me
saisissant dans ses bras, Lodoïska !
n'est-il pas vrai que vous êtes à moi
pour la vie ? A cette question je
réponds avec émotion et tout naï-
vement, Oui... Alors me serrant
encore plus fortement dans ses
bras, il s'abandonne à des transports tout nouveaux pour moi, et

contre lesquels mon amour ne trouve plus d'armes pour lutter, et le jour qui succède à cette nuit, éclaire la honte d'une fille perdue pour jamais.

De Beauval me fit souscrire à tout ce qu'il voulut. Il osa me dire, qu'il serait au comble de la joie si je portais dans mon sein un gage de notre amour; que nous n'aurions pas besoin de nous marier clandestinement, car mes parens, ne pouvant résister à ce dernier coup, voleraient même au-devant de nos vœux. Il me demanda seulement une certaine prolongation de temps. Que j'étais loin de me méfier de son raisonnement secret,

moi qui me croyais la plus adorée
des femmes ! Un mariage désavoué ,
et peut-être même rompu , n'aurait
point rempli ses vues ; et un refus
malgré ma grossesse , ne l'aurait
point tant embarrassé dans ses ré-
solutions. D'une autre part , nul
doute que je ne pouvais , étant si
jeune , contracter un mariage de
mon autorité privée , et il ne le
savait que trop. Mais il m'avait
tellement affirmé que cela se pourrait sans difficultés dès que nous
serions hors de Pologne , que quand
bien même on m'eût dit le contraire , je ne l'aurais pas cru ; mais
je me fusse bien gardée alors de
communiquer à qui que ce fût tout

ce qui se passait entre de Beauval
et moi. Quant à lui, il avait vingt-
six ans, et n'avait à faire que ce
qu'on appelle des soumissions res-
pectueuses. Il n'avait donc imaginé
d'autres moyens pour forcer mes
parens à me donner à lui, que de
m'enlever et de me déshonorer.
De Beauval brûlait d'être le gendre
du comte de Woronski ; de Beauval était riche par son père, et
s'était enrichi lui-même dans les
négociations dont il avait été chargé ; mais enfin il savait bien que
cela ne suffisait point à l'orgueil
des grandes familles auxquelles il
voulait s'allier. Tout en prêchant
l'odieux des titres et des priviléges,

il était dévoré, jusqu'à la fureur, de l'ambition des titres et des priviléges. Il ne rêvait qu'illustration de noblesse. Hélas! j'appris à le connaître, mais ce fut trop tard! De Beauval n'était qu'un monstre, et vous en jugerez tout-à-l'heure.

Je portai bientôt les marques de mon opprobre; il en fit éclater des transports de joie. Malheureuse que j'étais! j'osai les partager, et croire que c'était là le moyen infaillible de déterminer mes parens. Il se hâta donc de les instruire, et voici comme il s'y prit pour leur découvrir la source de leur plus cruelle infortune.

D'abord il écrivit à mon père la

lettre suivante, envoyée de Vienne
en Autriche.

« Monsieur,

» Quatre mois bientôt vont s'é-
» couler depuis l'absence de Lo-
» doïska votre fille chérie. Que
» n'avez-vous pas dû souffrir depuis
» cette époque, ainsi que votre
» épouse, cette mère si tendre ? car
» quel que soit le prix que vous
» attachiez, monsieur, à toutes vos
» dignités, elles ne doivent rien
» vous sembler en comparaison de
» votre enfant unique, de cette
» chère consolation que réclame
» votre vieillesse. Combien, au con-
» traire, ces dignités ne vous de-

» viendront-elles pas insuppor-
» tables, quand vous saurez que
» vous leur devez tous les tourmens
» qu'éprouve votre âme sensible
» et paternelle depuis plusieurs
» mois qui valent des siècles ? car
» pourrai-je jamais supposer qu'il
» n'en soit point ainsi ? quelle est
» celle de ces dignités qui vaudra
» jamais pour vous le titre de père
» de Lodoïska !

» Oui, c'est à votre rang que
» vous devez votre position actuel-
» le. Ce rang, monsieur, vous fait
» dédaigner l'honnête homme qui
» n'est pas issu d'origine privilégiée;
» vous avez désespéré votre fille
» en voulant rabaisser devant elle

» le titre de citoyen ; vous lui
» vantiez les qualités du jeune
» comte dans lequel elle ne vou-
» lut pas reconnaître celles qu'elle
» prise le plus. Un ardent ami de
» la vérité, un homme assez fier
» de ses parens plébéiens pour ne
» pas toujours se croire indigne
» d'être alliée à la race la plus illus-
» trée par une longue suite de titres
» ou de diplômes de noblesse, était
» le seul qui pouvait toucher son
» cœur. Eh bien ! cet ardent ami
» de la vérité, cet homme si fier de
» ses parens plébéiens, c'est moi,
» c'est cette fierté que je tire de
» ma race, qui m'a fait tant d'hon-
» neur auprès de Lodoïska ; qui

3.

» m'a fait mériter sa préférence.

» S'il n'eût fallu que tomber à vos

» pieds pour nous unir, Lodoïska

» et moi, vous nous y auriez vus

» tous deux mouiller vos mains

» des larmes de notre amour af-

» fligé.... Mais vous nous eussiez

» repoussés; et, méprisant ce même

» amour, vous nous eussiez séparés

» à l'insu même de votre propre

» sensibilité. Vous eussiez pris pour

» l'effet d'une folie, d'un caprice

» ridicule, les nobles sentimens de

» votre vertueuse fille. Néanmoins

» je sais, monsieur, que je suis

» coupable envers vous par cette

» raison que vous êtes père. De

» concert, nous deux Lodoïska,

» nous avons fui votre présence

» pour nous unir d'abord à la face

» du Ciel!... Ne frémissez pas, ô

» père chéri de ma bien-aimée! oui,

« j'ose vous l'apprendre, elle porte

» dans son sein le fruit d'un amour

» que l'on voudrait trouver en vain

» illégitime. Libre moi-même, je

» puis contracter un lien; mais il

» n'en est point ainsi pour Lo-

» doïska; il faut que ses parens le

» lui permettent ou veuillent con-

» sentir à la laisser encore, un cer-

» tain nombre d'années, vivre illi-

» citement aux yeux des hommes;

» je dis aux yeux des hommes,

» avec celui que l'amour et la na-

» ture lui ont donné pour époux.

» Au nom de Dieu! de ce Dieu
» si juste, si bon, et duquel nous
» sommes tous les enfans, con-
» sentez donc à notre union au
» pied des autels. Dignes parens
» de celle que j'adore, chers au-
» teurs de ses jours, dites que vous
» allez la bénir encore; dites que
» vous aimez toujours votre fille
» infortunée, et que vous la rece-
» vrez dans vos bras ainsi que celui
» qu'elle a osé choisir sans vous en
» faire aussitôt l'aveu.

» Quelle situation est la nôtre
» dans l'attente de votre réponse!
» En grâce, hâtez-vous de l'adres-
» ser à Vienne en Autriche, poste
» restante, à M. de Lahaye;

» ce nom d'emprunt est de néces-
» sité en cette triste conjoncture.

» A peine votre consentement,
» cette preuve si touchante, si pré-
» cieuse et bien chère à nos cœurs
» de votre généreux pardon, nous
» sera-t-il parvenu, que nous vous
» ferons savoir la contrée ou nous
» sommes, et où nous ne cessons
» de gémir et de penser à vous. »
Et il signa : Casimir de Beauval.

Ensuite il me conseilla d'écrire
aussi à mon père; mais je lui fis
observer que je préférais écrire à
ma mère, et il resta de mon avis.
J'écrivis donc à cette mère, jeune
encore, si aimable, si sensible, et
que j'avais eu l'indignité de ne pas

prendre pour la confidente chérie
de toutes mes pensées. Ce fut donc
ainsi que je m'exprimai :

« Je tombe à vos pieds, ma mère
» chérie ; je vous demande pardon :
» faites, je vous en supplie, que
» mon père me pardonne aussi.

» Oui, j'ai aimé de Beauval en
» même temps qu'il m'a aimée ; il
» m'a parlé de mariage, et j'ai osé
» disposer de mon cœur sans votre
» volonté ; je n'ai pas eu la vertu
» de me sacrifier toute entière à
» mes devoirs. Je sais que je suis
» bien coupable ; mais, au nom du
» Ciel, ne me punissez pas par
» votre haine et vos malédictions !
» Oui, je sens aujourd'hui tout l'o-

» dieux de ma rébellion, du mys-
» tère que je vous ai fait de tout ce
» qui se passait dans mon cœur et
» dans mon esprit, alors qu'ils
» n'avaient que trop besoin d'un
» guide tel que vous !

» Mère adorée ! mes larmes
» coulent avec une abondance qui
» m'accable. Ouvrez-moi vos bras;
» dites que vous daignerez me ser-
» rer encore contre ce sein qui
» m'a nourrie. Vous et mon père,
» hâtez-vous de me retirer de
» l'abîme de douleur où mon cruel
» destin m'a si impitoyablement
» précipitée ; arrachez-moi tous
» deux au supplice de la honte et
» du repentir ! Ah ! si vous pouviez

» vous représenter tout ce que mon

» âme éprouve, vous diriez sans

» doute que je paie bien cher mainte-

» nant ma criminelle imprudence!

  » Ma mère ! daignez me ré-

» pondre sans le moindre délai.

» Figurez-vous que je baigne vos

» pieds des larmes du désespoir,

» ou plutôt voyez-moi telle que je

» suis, c'est-à-dire, levant au Ciel

» mes yeux trempés de ces mêmes

» larmes, et l'invoquant en pous-

» sant de profonds gémissemens,

» pour que vous ayez une entière

» pitié de votre trop malheureuse

» Lodoïska ! »

Je puis bien dire qu'en écrivant

ainsi, j'avais épanché mon cœur,

car à peine avais-je commencé ma lettre, qu'il fut assiégé par la douleur et les repentirs les plus sincères. De Beauval trouva cette lettre fort à son gré, et il la fit partir promptement avec la sienne. Ces deux lettres n'étaient plus que le sujet de nos entretiens, en attendant leur résultat.

Enfin, au bout de trois semaines, le correspondant de de Beauval, ou, pour mieux dire, son cher confident, et que je n'ai jamais vu, nous fait passer une réponse. Je reconnais aussitôt l'écriture de ma mère, et la lettre est adressée à mademoiselle Lodoïska de Woronski, sous le couvert de M. de

3. 11

Lahaye. Mes genoux alors trem-
blent sous moi; un pressentiment
que je ne puis définir me saisit tout
à coup;..... pourtant je suis em-
pressée de connaître ou ma con-
damnation ou mon absolution; et
je lis moi-même ce qui suit :

« Lodoïska , ma trop malheu-
» reuse enfant, ne crains pas que
» je t'accable de reproches; ta po-
» sition est trop affreuse !..... Il
» faut pourtant te la déclarer toute
» entière. Apprends que ton infor-
» tuné père n'a pu surmonter ton
» déshonneur et le sien. Toute la
» ville a retenti de ta fuite !...Rien
» n'égala la douleur qu'il en res-
» sentit, le chagrin qu'il en conçut;

» mais il y succomba le jour même
» qu'il reçut la missive de ton in-
» fàme ravisseur, qui ne lui laissa
» plus de doute sur l'excès de
» ta honteuse calamité. Que cet
» homme, déjà trop exercé dans le
» crime, ne pense pas que mon
» âme, à laquelle on peut bien ac-
» corder quelque pureté, puisse
» être d'un seul instant le jouet
» d'un lâche artifice.... Je veux et
» je dois, ma fille, te préserver
» d'un autre affront. N'envie donc
» plus le titre d'épouse de ce misé-
» rable ; conserve-toi pour moi et
» l'innocente créature à qui tu vas
» donner le jour. Fais-moi savoir
» aussitôt le lieu que tu habites,

» j'irai t'y rejoindre ; je ne veux
» plus être l'objet de la pitié de
» ceux qui m'entourent ; je choi-
» sirai avec toi le lieu de notre re-
» traite. Ton père ne vit plus ;
» tous les hommes sont morts avec
» lui... C'est assez t'apprendre que
» l'heure d'épouser le père de ton
» enfant n'arrivera jamais ! Pauvre
» et trop chère Lodoïska, fais donc
« tout ce que je te recommande ;
» fais tout pour mériter le pardon
» du Ciel, que je ne cesserai d'in-
» voquer pour toi. »

Il n'est pas besoin de vous
peindre ma désolation après une
telle lecture ; mais il eût fallu voir et
ntendre de Beauval ! Quoi ! s'écria-

t-il, quoi ! chère Lodoïska ! ta mère
me traite ainsi ! ta mère peut douter de ma loyauté ! elle croit avoir
deviné mes sentimens ! Eh ! en quoi
donc a-t-elle jamais été autorisée à
me juger ainsi ? Est-ce bien cette
mère si bonne, si généreuse, qui
peut à ce point désespérer sa fille ?
O ma bien-aimée ! qu'elle accoure
donc cette mère désolée ; qu'elle
ose donc venir prononcer ma sen-
tence, c'est-à-dire notre sépara-
tion ! Mais est-ce donc au prix de
mes jours qu'elle voudrait venger
les mânes de son mari ? suis-je
donc la cause qu'un orgueil impitoyable, qu'une morgue insensée,
ravit un homme au sentiment de la

nature, au point de le rendre le bourreau de sa propre vie! Non, j'en atteste le ciel, ma conscience ici n'a rien à me reprocher. Ma Lodoïska! aurais-tu donc toi-même pensé qu'un tel malheur nous fût arrivé? Mais parle, ma bien-aimée, veux-tu aussi que le père de ton enfant donne sa vie pour expier un malheur trop inattendu?.... parle, je t'obéirai. Et en me parlant ainsi il pleurait abondamment.

Vainement il tenta de calmer les premiers accès de ma douleur; en vingt-quatre heures je fus alitée.

Il faut convenir que si de Beauval n'avait pas été jusqu'à ce moment bien sincère à mon égard, il me

porta alors des soins qui pouvaient
me convaincre du vif intérêt qu'il
prenait à ma conservation. Il passait les nuits auprès de moi; il était
dans une profonde affliction; à peine
s'il songeait à prendre quelque
nourriture.

Je restai trois semaines entre
les mains des médecins. Je n'en
avais pas moins écrit à ma mère,
que j'attendais de jour en jour;
car, malgré tous les reproches que
j'avais à me faire, malgré la confusion que je devais éprouver en sa
présence, je brûlais de me jeter
dans ses bras, de lui demander
grâce pour moi, et pour celui
qu'elle vouait à sa haine et à tous

ses mépris, et que j'osais aimer encore. Il voulait, d'ailleurs, se jeter
aux pieds de ma mère. Si j'avais
de perfides intentions, me disait-il,
ne la fuirais-je pas !

Ce ne fut que trois mois après
le décès de mon père, qu'il fut
possible à ma mère de s'expatrier;
car telle avait été sa résolution.
Pendant ce temps notre correspondance avait été très-active. Toutefois, j'avais essayé, mais avec la
permission qu'elle m'en avait donnée, de lui parler de de Beauval, de
lui faire part de toutes les peines
qu'il ressentait, de la loyauté de
ses intentions; mais ce fut inutilement : elle n'en voulait rien croire,

et ne se montrait pas mieux disposée pour lui. J'aurais bien voulu qu'il écrivît lui-même ; mais il m'allégua qu'il n'osait pas, non-seulement dans la crainte de ne pas réussir, mais de l'irriter encore davantage, quels que fussent ses respects et ses soumissions envers elle.

Dès l'arrivée de ma mère, nous n'eûmes toutes deux d'autre langage que celui de nos pleurs; il n'y avait pas de doute qu'à sa vue, malgré que j'y étais bien préparée, je ne dusse être au comble de l'embarras et de la confusion, et surtout de la douleur. Oh! oui, le deuil de mon âme n'était que trop fait pour m'attirer la pitié de cette adorable mère. Aussi ce fut elle qui commença par m'adresser des paroles de consolation. J'avais exigé de de Beauval qu'il ne se montrât pas que je ne le lui disse. Deux jours se passèrent donc, entre ma mère et moi seulement, à nous entretenir de lui, et par conséquent de notre malheur. Cependant, d'après tout ce que j'avais pu dire alors, à la faveur d'une telle conversation, qui n'est pas, comme dans une lettre, dénuée du secours de la voix et des expressions visibles du sentiment, bien qu'il arrive quelquefois que l'âme, toute répandue dans une lettre ou un discours, échauffe très-vivement ceux qui les lisent ;

d'après tout ce que j'avais pu dire ,
il fut enfin permis à de Beauval
de pénétrer jusqu'à notre apparte-
ment. Alors quelle autre scène !

Il s'avance en tremblant. Ma
mère aussitôt, et comme involontairement, se couvre le visage de
ses mains , et laisse couler de nouveau ses pleurs ; mais bientôt il est
à ses pieds , et lui crie d'une voix
suppliante et faite pour porter l'attendrissement dans l'âme : Ah! madame , ôtez-moi cette vie que je
déteste , si je vous demande inutilement le pardon de mon crime
envers vous! Oui , envers vous ,
puisque j'ai désolé, j'ai désespéré
votre cœur, livré tout entier au

noble sentiment de la maternité.
Mais malgré ce crime, non, je ne
puis me croire un homme déloyal ;
non, ma conscience ni la nature
ne peuvent me rendre infâme à
mes propres yeux. C'est le plus in-
juste des préjugés, je l'ai dit et je
le répète, qui m'a fait prendre la
résolution qui vous a coûté tant de
larmes ; c'est ce même préjugé qui,
enfantant un faux honneur, a seul
porté le coup dont nous sommes
tous trois si cruellement frappés
aujourd'hui. Non, non, ce n'est pas
ma résolution qui l'a dirigé ce coup
si funeste ; il fut indépendant de
ma volonté. Mère sensible et généreuse, ayez donc pitié de moi,

ayez pitié surtout de Lodoïska!...
cessez de me refuser le titre d'é-
poux et de père! tournez vos regards vers moi, ne me haïssez pas;
je ne suis pas indigne de sécher vos
précieuses larmes, de ranimer
votre âme flétrie par la douleur,
et d'honorer vos touchantes vertus.
Au nom du Ciel, ne vous opposez
pas à ce que toutes les heures,
tous les instans de ma vie, vous
soient consacrés aussi. O ma Lodoïska! joins donc ta voix à la
mienne, et persuadons tous deux
à ta mère chérie qu'il doit être
encore pour elle des jours sereins,
un véritable bonheur auquel son
âme sensible ne pourra se refuser.

En parlant ainsi, il versait aussi
des larmes, et nous couvrait tour
à tour, ma mère et moi, de la
moitié de son corps, en se précipitant à nos genoux . Enfin, après
l'avoir considéré quelque temps,
et s'être décidée à lui adresser la
parole, C'en est assez, lui dit ma
mère, relevez - vous, monsieur;
soyez donc l'époux de ma fille:
sous deux jours qu'un ecclésiasti-
que respectable vous unisse à elle.
Je conduirai au pied de l'autel
cette infortunée que j'aime plus que
ma vie, malgré son cruel égarement... Dès la pointe du jour, nous
nous rendrons à l'église, sous les
auspices du plus profond mystère.

Hâtez-vous donc de tout disposer pour cela.

A peine a-t-elle achevé ces paroles, que je me jette à ses pieds pour lui rendre grâce, et pour la supplier de me bénir, afin de la préparer à me bénir encore !... Ah ! bénissez-moi de même, lui dit aussitôt de Beauval; et cette mère, ce modèle de la plus rare bonté, nous bénit tous deux. Alors de Beauval en se relevant ose la serrer contre sa poitrine, et me serrant de même, il se livre à mille transports divers; il est tout hors de lui, et ne s'arrache d'auprès de nous que pour aller, dit-il, remplir ses vœux les plus ardens et les ordres

de ma mère ; mais deux jours se
passent, il ne revient pas, et le
troisième est à peine commencé,
que le domestique et la cuisinière
qu'il a placés auprès de moi, dis-
paraissent aussi. Il n'en faut pas
douter, nous sommes trompées;
ce sont là ses affidés. Alors j'envoie
Eugénie, ma femme de chambre,
à la maison où il loge ; mais, ô le
plus fourbe des fourbes ! depuis
plusieurs jours toutes ses malles
sont emportées. On le dit parti
pour l'Italie, et son départ date
positivement du moment qu'il allait, nous disait-il, remplir ses
vœux les plus ardens et les ordres
de ma mère. Hélas ! nous rou-

gissons d'avoir pu l'attendre un seul instant. Cependant, quoi qu'il en fût, ma mère ne s'était pas méprise d'abord sur le compte de ce misérable. Va, ma chère enfant, me dit-elle en me baignant de larmes, (combien aussi n'en versais-je pas)! accomplissons ma première volonté : ne vivons que pour nous et l'innocente créature dont le monstre ne doit pas être avoué le père. O ma mère, lui dis-je aussitôt, ne croyez pas que je pleure la fuite de l'infâme ! ne croyez pas que je puisse m'avilir au point de le regretter ! bien loin de cela, ma mère, il est tout-à-fait hors de mon cœur; et j'ose

3. 12

vous faire serment que ce que je
vous dis est la vérité même. Sa
trahison a quelque chose de si étu-
dié, de si atroce, que je me sens
toute rendue à moi-même ; j'ai les
yeux entièrement ouverts sur son
crime ; son âme de boue se montre
à moi, dans toute son odieuse nu-
dité. Il m'a séduite, il est vrai ;
mais il me cause, je crois, plus
d'indignation, plus de mépris,
qu'il ne m'inspira peut-être d'a-
mour, quoi qu'ait fait paraître ma
conduite !

En effet, en m'exprimant ainsi,
j'éprouvais un soulagement extraordinaire, je voyais toute ma faute
tomber sur lui ; il semblait que mon

père errait autour de moi, et pro-
nonçait mon pardon. Comme cette
douce idée, que je me hâtai de
communiquer à ma mère, lui fut
agréable ! Oui, ma Lodoïska, me
dit-elle, oui, ton père te pardonne.... Il ne t'a pas condamnée
en mourant ; il a même prié pour
pour toi ! Ciel ! m'écriai-je alors
il a prié pour moi !... Ma mère,
quelles paroles consolantes vous
venez de proférer ! Et je n'eus pas
plutôt achevé ces mots, que la joie,
la douleur et la sensibilité, me
firent évanouir.

Depuis la fuite de l'affreux de
Beauval, trois semaines étaient à
peine écoulées, que le calme sem-

⌐blait se rétablir dans nos âmes.
Toutefois, le moment de mon ac-
couchement s'avançait beaucoup ;
j'étais dans mon huitième mois.
Nous étions restées à Chatam,
ayant résolu de n'en sortir qu'après
mon rétablissement.

Eugénie était la seule personne
étrangère restée auprès de nous ;
et en l'aidant, quoique provisoire-
ment, jusqu'à ce moment, nous
nous accommodions fort bien de
son service, car rien n'égalait ses
prévenances et ses soins aimables.
Vous pensez bien que ma situation,
que mon malheur, ne pouvaient
être un mystère pour elle ; il s'était
pour cela passe trop d'événemens

sous ses yeux ; elle n'avait pas eu
besoin que je l'eusse personnelle-
ment mise dans ma confidence,
pour connaître mes secrets. Mes
chagrins, mes pleurs, la maladie
que j'avais faite, quelques paroles
indiscrètes que m'avait fait prononcer le délire et le dernier trait
de de Beauval : tout cela était bien
plus que suffisant pour la confir-
mer dans cette pensée qu'elle aurait feint trop inutilement, vis-à-vis
de moi-même, d'ignorer que j'é-
tais une jeune personne indignement trompée ; mais tout voir,
tout entendre, et se taire, telle
était sa devise en pareille conjoncture. Il était donc impossible d'être

plus discrète, et peut-être plus
impossible encore d'être plus sensible que l'aimable Eugénie.

Ma mère et moi, nous pen-
sâmes que cette jeune personne
méritait notre confiance ; mais comment nous y prendrions-nous pour
lui donner la preuve de nos dispositions à son égard ? Elle en fit
naître elle-même l'occasion ; et
voici comment. Il arriva qu'un
jour, à l'époque dont je vous parle,
elle ne put que très-imparfaite-
ment dissimuler une peine dont
elle était affectée. Nous vîmes
même qu'elle avait versé des pleurs ;
mais, comme elle ne nous disait
rien de ce qui l'affligeait, nous

imitâmes sa discrétion à mon égard,
pour ce jour seulement, et nous
ne la questionnâmes pas. Vers le
soir, en ramassant quelque chose
qu'elle avait laissé tomber, nous
aperçûmes une lettre cachée dans
son sein, et que nous pensâmes
être le sujet de son chagrin. Lorsqu'elle fut pour aller se coucher,
il prit envie à ma mère de savoir si
elle ne s'occuperait pas, avant, de
répondre à cette lettre. L'aimable
Eugénie, nous demandions-nous,
aurait-elle une inclination secrète ?
serait-elle encore une malheureuse
de plus!... Ma mère crut devoir
l'observer, mais de manière à ce
qu'elle n'en eût pas le soupçon,

et surtout elle crut que cela était
nécessaire, vu les dispositions d'a-
mitié et de confiance dans lesquelles nous étions pour elle. Quand
elle fut dans sa chambre, et que
le temps suffisant pour se coucher
nous parut être écoulé, ma mère
alla donc l'examiner à travers la
serrure. Que faisait Eugénie ? elle
écrivait et pleurait beaucoup en
écrivant. Hélas ! elle baisait aussi
un portrait ! Quelle découverte
pour nos cœurs sensibles !... L'infortunée, nous dîmes-nous, elle est
peut-être... Mais, reprit ma mère,
elle est peut-être aimée aussi. Une
absence forcée et non la perfidie fait
peut-être seule couler ses pleurs.

Le lendemain je l'observai avec ma mère ; et nous la vîmes relisant plusieurs lettres , baisant encore le portrait, et, de plus, mettre quelques petites pièces d'or dans une petite boîte qu'elle ficelait avec une lettre appliquée dessus, qui était probablement la lettre qu'elle avait écrite la veille. Toutefois ce dernier acte nous parut avoir bien peu de rapport avec le portrait. Pour qui cette petite boîte qui renfermait sans doute le produit de son service ? mais bien plus encore , pour qui les pleurs qu'elle répandait ? Nos cœurs étaient bien émus, et nous nous en retournâmes inquiètes sur le repos de cette jeune personne.

3. 13

Cependant ma mère m'engagea à
l'aller trouver aussitôt, comme par
l'effet tout simple d'une idée qui me
serait venue par hasard, ce que je
fis. Je reviens donc à sa porte;
je frappai doucement, et l'appelai de même. Aussitôt elle vint à
moi, en cachant du mieux qu'il lui
fut possible ce qui était sur sa
table. Ah! madame, me dit-elle,
vous sentez-vous malade? Le doux
accent de sa voix me toucha beaucoup. Non, repris-je, je viens
tout simplement auprès de vous.
Les jeunes personnes se recher-
chent,... et puis vous êtes si bonne!
— Ah! madame! — Mais, si je ne
me trompe, vous pleurez, Eugé-

nie ?—Oh ! ce n'est rien, madame.
— Vous avez des chagrins, je le
vois. — Il est vrai que je n'en suis
pas plus exempte que d'autres;
mais, plus ordinairement, je tâche
de prendre courage ! tôt ou tard,
le Ciel prend pitié de ses enfans !
— Ne confiez-vous donc jamais
vos secrets à personne ? — Eh ! qui
voulez-vous que mes secrets inté-
ressent ?— Moi, toute la première.
— Vous, madame ! — Oui, moi.
Eugénie, la confiance bien placée
est un grand soulagement pour les
malheureux ! — Il me serait bien
doux de l'éprouver, madame !—Il
ne tient qu'à vous; et vous auriez
sans doute l'occasion de recevoir

confiance pour confiance!... —
Alors je serais bien payée, madame;
car c'est un bonheur que de pouvoir soulager les chagrins des
âmes sensibles ! — Croyez - vous
être ici la seule affligée ?— Plût à
Dieu qu'il en fût ainsi ! — Plût à
Dieu ! dites-vous. Oh ! bonne Eugénie ! — Oui, et je le dis dans
toute la sincérité de mon cœur.

L'expression qu'elle donna alors
à cette affirmation me fit pleurer,
et bientôt elle pleura avec moi ;
et ma mère, entrant dans ce moment, me vit penchée sur le sein
d'Eugénie, et retenue dans ses bras.

Cette expansion nous fut bien
douce à toutes trois! et Eugénie

en accrut le charme en venant au
devant de notre désir. Demain,
nous dit-elle, demain, vous saurez, mesdames, si j'ai aussi bien
des peines à souffrir !... Non, non,
lui dit aussitôt ma mère, venez
avec nous dans notre chambre,
et commencez au moins, dès à présent, ce que vous voulez bien nous
apprendre ! Alors elle nous suivit
aussitôt, et cette aimable personne,
assise entre ma mère et moi, nous
parla ainsi.

« Mon histoire ne sera pas
longue à raconter, mesdames, et
vous le savez, il ne faut pas toujours
juger de l'étendue et de la rigueur
de nos peines, par la multiplicité

des événemens de notre vie. Je commence donc mon récit :

Ma mère est de Lausane ; dès son bas âge, elle perdit sa mère, et fut élevée par les soins de son père qui était ministre protestant. Mon père était un officier du régiment dit de la reine de France. Il avait reçu une excellente éducation ; ses nobles sentimens, ses mœurs pures, le firent bientôt distinguer de la foule des jeunes officiers. Dès qu'il vit ma mère qui était une fort belle femme, ce qu'il est impossible de ne pas reconnaître d'abord, malgré que les chagrins l'ont pour ainsi dire flétrie avant l'âge, puisqu'elle n'a pas plus de trente-huit

ans. Dès qu'il vit ma mère , qui
joignait à tant de beauté les agré-
mens de l'esprit, et une éducation
non moins soignée que celle qu'il
avait reçue, il en devint éperdû-
ment amoureux , le lui déclara et
la demanda, d'accord sur ce point
avec elle, en mariage à son père.
Mon père n'était pas riche et n'avait
même pas l'espérance de le devenir; ma mère était dans une situation moins médiocre à cet égard.
Chérie de son respectable père , elle
n'éprouva point la douleur d'un
refus; et l'union fut célébrée à
Lausane même , à l'église prostes-
tante : mon père était catholique.

Je suis le seul et premier fruit de

cette union. Jugez quelle joie fut
la leur, lorsqu'ils me reçurent dans
leurs bras ! que de baisers ils me
donnèrent ! Mon père était au
comble du bonheur ! ma mère ne
croyait pas qu'une épouse, qu'une
mère, fussent plus fortunées au
sein de leurs ménages chéris, qu'elle
était fortunée dans le sien. Les
choses étaient en cet état lorsque
mon père et ma mère vinrent
passer quelques mois à Paris;
j'avais alors un an. Mon père ne
tarda pas à mener sa belle épouse
à l'Opéra; tous les regards se por-
tèrent alors sur l'objet de sa vive
tendresse. Un monarque ne connaît pas la jouissance délicieuse qu'il

éprouvait alors. Les murmures ap-
probateurs qu'il entendit de toutes
parts mirent le comble à son triom-
phe : et cet aimable esclave de
l'amour et de la beauté était bien
loin de prévoir ce qui lui était
réservé.

Deux jours après cette glorieuse
apparition à l'Opéra, et à dix heures
du soir, deux hommes se présentent
chez mon père ; une voiture est à
la porte. De par le roi, lui dirent-
ils ; et mon père, étonné, obéit, le
désespoir dans le cœur. On lui a
présenté une lettre de cachet.....
Qu'a-t-il donc pu faire ? il ne peut
le deviner. Il est inutile de vous
peindre la douleur et les alarmes

de ma mère, vous vous les repré-
sentez assez.

La dissolution de la cour de
Louis XV, duquel le règne pen-
chait vers sa fin, infectait presque
tous les cœurs de ceux qui la com-
posaient ; et ce fut un de ces êtres,
dégradés, avilis, qui causa la perte
de mes chers parens.

L'enlèvement de ma mère suivit
de peu d'heures celui de mon infortuné père , dont nous ignorons
encore la retraite ou plutôt le genre
de mort. Toutefois ma mère eut
la permission de m'emmener avec
elle ; ce fut hors de Paris qu'elle fut
conduite, et les yeux bandés. La
voiture s'arrêta dans l'une des cours

d'un grand château. A ce moment
on me sépara de ma mère, et elle
fut conduite ensuite dans un bou-
doir magnifique où tout y respirait
les vices et la corruption et des
hommes et du temps.

Vous ne doutez pas de toutes les
réflexions qui l'accablent alors : elle
voit d'où part le trait qui la déchire.
Bientôt se présente à elle un homme
masqué qui, se précipitant à ses genoux, lui tient un langage qui la
remplit de mépris et d'indignation.
Il se déclare même celui qui vient
de lui ravir son époux, pour qu'elle
conçoive mieux combien il est puis-
sant, et qu'elle craigne d'opposer
des refus aux vœux de la déprava-

tion. Il la sollicite, il la presse vivement; elle pousse des plaintes, des gémissemens ; elle supplie, elle combat; mais il sonne. Deux valets entrent, et il ose menacer ma mère du secours dont ils lui seront, si elle persiste dans ses résistances. Alors la honte et la fureur la transportent si violemment, qu'elle se précipite sur son audacieux ennemi, qui, en se défendant, laisse tomber le masque dont il est caché.... Mais, ô Ciel ! aussitôt elle reconnaît... mais qu'allais-je dire?.. Ah ! que ce soit un éternel secrrt ! le monstre ne vit plus !... c'est tout ce qu'il m'est permis de dire.

Quelle autre situation ! alors ma

mère tombe aux pieds de cet
homme, et lui redemande son
époux. Je vous adore, lui dit-il ;
quant à de Lagrange, cessez de
vous en inquiéter ; il est traité avec
tous les ménagemens possibles. Je
sais qu'il a de ce qu'on appelle des
mœurs ; qu'il n'aurait pas voulu,
pour un régiment et un marquisat,
vous accorder à tout mon amour ;
j'ai donc été forcé de prendre le
parti qui, je l'espère, ne vous ré-
voltera pas toujours !... Eh bien !
s'il arrive que, d'ici à quelque temps,
ce jeune homme devienne plus ac-
commodant, je veux dire, moins
scrupuleux, j'aurai tout comme
aujourd'hui les mêmes moyens de

l'en récompenser, parce que mes intentions ne changeront pas. S'il a un tort, c'est bien celui de n'en pas profiter maintenant ! Cependant je dois vous faire observer que son sort dépend en grande partie de vous ; car, si vous m'accablez de vos refus obstinés , je ne réponds pas qu'il soit , comme je vous le dis, traité si favorablement. Cette condition à laquelle ma générosité ne s'arrêtait pas d'abord, est entre nous deux, ma belle dame, de la plus haute importance.

Vous voyez que cet homme ne possédait pas les flèches d'Achille ; il ne savait pas guérir d'une main les plaies qu'il faisait de l'autre. Il

portait, avec toute l'impudence et
la sottise des gens de son espèce,
mille coups à la fois, plus cruels les
uns que les autres.

Pour que vous puissiez vous faire
une idée des souffrances que mon
infortunée mère eut à dévorer, il
suffit de vous dire que sa grande
beauté ne fatigua pas l'homme dé-
pravé qui l'avait souillée, et que ce
ne fut que lorsqu'il mourut, qu'elle,
ma mère, eut la liberté de fuir
l'antre maudit du crime et du
libertinage. Ce fut en 1768 que
cet homme expira au milieu de
gens qui partageaient ses débau-
ches, en s'y plongeant de plus en
plus. J'avais alors cinq ans.

Ma mère fit d'inutiles démarches pour retrouver mon père ; elle s'informa s'il n'était pas dans les cachots de la Bastille. Elle fit alors des démarches si pressantes, que bientôt on lui annonça qu'il était temps qu'elle fût plus circonspecte dans ses recherches, qu'elle courait des risques à avancer continuellement que l'arbitraire avait disposé du sort de son époux. Un ministre du roi la fit appeler pour lui faire de grands reproches sur la conduite qu'elle tenait en cette conjecture.

Un respectable vieillard, revêtu de hautes dignités ecclésiastiques, et à qui elle avait confié son malheur, lui fit observer que la famille

de celui dont elle avait été la victime, était beaucoup trop puissante,
pour qu'il fût possible de porter ouvertement des plaintes de cette
nature. Il la conjura donc de prendre patience, et lui promit de s'employer pour elle; mais il fallait,
disait-il, agir de prudence avec les
grands, qui ne vivant que d'abus
pour maintenir toutes leurs préro-
gatives usurpées, trouvaient toujours bien les moyens de justifier
leurs actions, lors même qu'elles
étaient le plus coupables.

Ce digne prélat vint même géné-
reusement au secours de ma mère,
qui était dans une position si malheureuse, qu'il lui aurait été impos-

sible de refuser un bienfait. Hélas!
les années s'écoulaient pour elle
dans la douleur la plus profonde.
Elle vit mourir son père, soutien
dans son adversité; ami chéri dans
le sein duquel elle épanchait toutes
ses pensées. Il était venu vivre
auprès d'elle à Paris, cette capitale
qu'elle avait tant de peine à quitter,
parce qu'elle ne pouvait se déper-
suader que mon père était à la
Bastille. Vainement son indigne
ravisseur avait voulu la détourner
de cette croyance, en lui faisant
des sermens extrordinaires, pour
affirmer que là où était mon père,
il vivait dans une sorte d'aisance.

Bientôt elle perdit aussi son bienfaiteur, qui, peu de jours avant de mourir, l'avait fait demander. Mais retenue au lit elle-même, elle ne put se rendre à temps auprès de lui; et ce fut sans doute un nouveau bienfait que nous perdîmes alors.... Il y avait plusieurs années qu'il nous portait ses soins généreux, ce qui nous aidait beaucoup avec le travail que nous pouvions faire. Nous avions essayé même de faire quelques petites épargnes; mais la longue maladie de mon bon papa nous enleva tout; et notre travail ne pouvait plus nous suffire après la perte que nous venions d'éprouver dans la personne du vertueux prélat. Hélas! le sort nous persécutait

jusque dans les plus médiocres
ressources qui appartiennent aux
femmes. Il a fallu enfin prendre
une résolution toute nouvelle pour
nous, et bien pénible sans doute!
Mais nous avons fait preuve de
courage ; et ma mère et moi nous
nous sommes mises à servir.

Il a fallu quitter Paris pour ne
pas mourir de misère et de besoin,
et nous avous suivi deux dames an-
glaises qui y vinrent, et auxquelles
nous avions été présentées en qua-
lité de femmes de chambre. C'est
dans ce pays-ci même que nous les
avons suivies; et il y a quatre ans
passés que nous y sommes. Ces
dames sont les deux sœurs. Ayant

conçu toutes deux le dessein de
visiter l'Italie, elles ont vainement
souhaité que nous allassions avec
elles ; la faible santé de ma mère
n'aurait jamais pu le permettre.
Elles nous ont donc, en partant, re-
commandées, ma mère et moi, à
l'épouse d'un lord, laquelle est si
dure, si hautaine qu'elle fait éprouver mille humiliations à ma mère,
qui, faute de pouvoir trouver mieux,
est contrainte de rester avec elle.
Cette lady demeure à Rochester.
Quant à moi, je fus placée chez
une vieille dame, qui venait de
mourir lorsque l'on m'a rendu le
service éminent de me placer auprès de vous, sur les seuls témoi-

gnages donnés en ma faveur par les
personnes qui, comme moi, étaient
au service de cette même dame.
Mais que dirai-je de la situation de
ma mère bien aimée ? Hélas! je
tremble de la voir succomber sous
le poids des peines qu'elle souffre
depuis tant d'années ! Quand je
n'ai pas la consolation de pouvoir
me transporter auprès d'elle, je lui
écris ; je la supplie de se conserver
pour son Eugénie. Ses gages sont
bien médiocres ; mais je lui fais
envisager, et j'aime à lui persuader
que les miens me sont presque inutiles afin qu'elle les reçoive en
grande partie. Je ne me lève ni ne
me couche sans adresser au Ciel les

vœux les plus ardens pour qu'il
prenne pitié de son sort. Et je ne
saurais me livrer au sommeil, si je
ne couvrais de baisers son portrait
et celui de mon père, réunis dans
le même cadre ! »

Eugénie n'eut pas plutôt achevé
ces paroles, que nous l'embras-
sâmes. Eugénie, lui dis-je, je vous
regarde comme une sœur : pauvre
enfant ! vous n'êtes pas faites pour
servir, sinon auprès de l'amitié. Ma
mère fut sensiblement touchée de
ce que j'annonçais à Eugénie, se
joignit à moi pour la combler
d'éloges, et lui exprimer le désir
de la voir s'attacher constamment
à nous. Dans son expansion, cette

aimable personne alla chercher le petit cadre dont elle venait de parler, et que nous lui avions vu baiser, et ainsi que les lettres de sa mère ; mais la vérité n'avait-elle pas assez parlé par sa bouche ?

Ma mère et moi, nous étions bien satisfaites de la découverte que nous venions de faire si près de nous. Notre position était si critique ! nous avions tant de ménagemens à prendre, que nous devions bénir le hasard qui nous servait si bien.

Le lendemain au matin, je ne sonnai point Eugénie ; mais j'allai la chercher dans sa chambre avant son lever. Je lui sautai au cou et l'emmenai près de nous, en lui don-

nant mon bras. Nous prîmes le café
toutes trois, et parlâmes ouvertement de de Beauval. C'est un grand
coupable, dit ma mère. Oui, reprit Eugénie, et il y a trois mois que
j'en ai acquis la triste conviction...
Comment cela, lui demandai-je?
Depuis, répondit-elle, la mort de
monsieur votre père ; et si j'avais osé
parler alors.... Ah ! veuillez, lui
dîmes-nous, parler en ce moment.
Eh bien ! reprit-elle, voici ce que
vous auriez su plus tôt. Un dimanche
que vous me permîtes de m'absen-
ter, je rencontrai en revenant M. de
Beauval, qui marchait devant moi,
et accompagné d'un autre jeune
homme de ses intimes amis sans

doute.... Il parlait avec chaleur :
Non, disait-il, non, je n'épouse
pas ; et si j'avais pu prévoir tout
cela, le diable m'eût plutôt enlevé
que j'eusse enlevé cette pauvre enfant ! Vous pensez que je fus soi-
gneuse de ne pas aller en avant.
Mais, lui dit son compagnon, tu
n'attendras pas le moment de l'ac-
couchement ? — Non, certes. J'at-
tends impatiemment l'arrivée de la
comtesse ; et si elle n'arrive pas, eh
bien ! je recommanderai sa fille à
quelque bonne femme du pays.

Je ne voulus pas en entendre
davantage, et je m'éloignai dans la
crainte que l'un ou l'autre de ces
deux messieurs ne se retournât. Ah !

combien de fois j'avais le dessein
de venir vous trouver ; vous , madame , que je voyais si cruellement
la dupe du père de votre enfant.
Mais , qui sait !.... peut-être vous
n'eussiez jamais voulu me croire...
Ce qu'Eugénie venait de dire ne
pouvait causer aucun étonnement
à ma mère , ni ajouter à l'indignation , au mépris que nous avait ins-
piré cet homme si odieux.

Si , répondis-je à Eugénie , si,
mon amie ; j'aurais cru ces paroles
que vous m'eussiez rapportées ,
puisqu'elles n'auraient que trop
justifié les soupçons de ma mère.

Nous décidâmes qu'aussitôt Eugénie irait à Rochester pour ap-

prendre à sa mère ce qui s'était
passé depuis la veille entre nous
trois, et pour la prévenir qu'elle
vînt sans délai demeurer avec nous.
Vous serez, dîmes-nous à Eugénie,
vous serez toutes deux nos chères
amies, puisque vous serez toutes
deux nos chères confidentes .....
Hélas ! cette jeune personne ne put
nous exprimer autrement ses sentimens de reconnaissance qu'en
nous baignant de larmes tour à tour
ma mère et moi, et en nous em-
brassant de tout son cœur.

En effet, dès le lendemain, madame de Lagrange, cette femme
infortunée, se rendit à notre invita-
tion. L'amour filial n'avait point

exagéré les attraits dont elle était
encore pourvue. Nous fûmes frap-
pées aussi de l'élégance de sa tour-
nure et de ses manières affables. Elle
fut très-sensiblement touchée de
nos intentions, et nous exprima
noblement ses sentimens de gratitude, et, deux jours après cette première entrevue, elle vint se réunir
à nous. Aussitôt, par son avis,
nous fîmes venir un médecin-ac-
coucheur ; car il était certain que
je n'avais guères moins de six semaines pour attendre le terme de
ma grossesse. Pour tout ce qui me
concernait dans cette conjoncture,
nous nous en rapportâmes à madame de Lagrange. Il était dit que

ma mère nommerait mon enfant;
et quant au parrain, madame de
Lagrange nous dit que c'était la
moindre chose qui dût nous occuper ; que, pour un peu d'argent, le
premier inconnu ferait notre affaire.

Le médecin m'ordonna de mar-
cher. Nous étions alors dans les
jours de grande chaleur. Depuis
que j'habitais Chatam, je m'étais
tenue renfermée : il était donc nécessaire, quelle que fût la tempé-
rature de l'air, que je le respirasse
un peu : je suivis donc les ordres
du médecin.

Chatam est un village où l'on
construit et radoube les vaisseaux
de guerre et autres, ce qui fait

qu'il n'offre qu'un concours d'ou-
vriers , de matelots , d'officiers de
marine et de marchands. Vous
allez voir ce que produit le hasard
quand il s'avise quelquefois de nous
favoriser. Un jour que nous nous
promenions du côté des chantiers ,
ma mère , madame de Lagrange ,
Eugénie et moi , un cavalier anglais , suivi de son domestique ,
passant auprès de nous , arrête ses
regards sur ma mère , et après être
passé , faisant tourner bride à son
cheval , revient sur ses pas et la
fixe de nouveau ; ce qui fait qu'elle
le regarde à son tour. Alors il des-
cend de cheval , chemine quelques
momens à peu de distance de nous ,

et se détermine enfin, et dans une
émotion très-visible, à s'approcher
de ma mère, en balbutiant quelques paroles que nous entendons à
peine, et en s'inclinant devant
elle, avec le plus profond respect.
Toutefois je remarque qu'en lui
faisant un accueil gracieux et favorable, ma mère ne paraît pas
moins éprouver d'émotion que lui.
Alors je crois devoir me tenir de
quelques pas en arrière, ainsi que
ces dames ; mais l'explication sur
une telle rencontre n'est pas de
longue durée entre ma mère et ce
cavalier, qui, lui prenant une main,
la lui baise vivement, et s'empare
aussitôt de son bras. Ma mère alors

se retournant vers nous, nous fit signe d'avancer. Voilà, me dit-elle, ma chère Lodoïska, un ami que je te présente. Je fais ma révérence à ce Monsieur, et après quelques allées et quelques venues que nous faisons encore, nous rentrons à la maison.

Je puis bien dire que nous passâmes toutes les quatre, à la compagnie de lord Berestfort, car c'est ainsi que se nommait ce cavalier, la journée la plus agréable dans la position où nous nous trouvions alors.

Lorsqu'Eugénie et sa mère se furent retirées, ce qu'elles firent un peu avant l'heure accoutumée,

voici ce que mon adorable mère
me dit en présence de ce seigneur
anglais.

« Tu vois, ma fille, en M. le
comte, le modèle d'un amour et
d'une constance presque sans
exemple, ou du moins assez rare
pour que je lui rende justice en ce
jour.

Il y a bientôt vingt ans, alors j'en
avais quinze, que Berestfort, me
demanda en mariage à mes parens.
Ce n'était pas mon père qui s'oppo-
sait, comme le tien, à m'unir à
celui que j'aimais ; mais bien ma
mère qui avait jeté ses vues sur le
comte de Woronsky. Ce seigneur
polonais avait alors près de cin-

quante ans. Tu penses bien que
devant lui être donnée avant ma
seizième année, j'avais lieu de re-
douter l'accomplissement d'un pa-
reil terme. Lord Berestford n'était
pas, comme aujourd'hui, avancé
en dignités; puis, il n'avait pas une
aussi brillante fortune que le noble
palatin Woronski. Il fallut donc
que mon père cédât aux importunités d'une mère absolue. Et loin de
pouvoir attendrir cette mère, que
néanmoins je n'ai jamais cessé d'aimer et de respecter tant que le Ciel a
daigné me la conserver, mes pleurs,
mes supplications ne firent que l'irriter de plus en plus. Menacée même
de sa malédiction, je n'eus d'autres

moyens de regagner sa tendresse
que ceux que purent me fournir
mon extrême soumission. En conséquence , j'épousai M. de Woronsky , dont les prévenances et la
bonté ne me firent jamais oublier
un amour que je ne devais qu'à Berestfort. Mais , cependant, je payai
tous les soins de mon estimable
époux par les égards et les sentimens de reconnaissance qui lui
étaient dus. Tu es le seul enfant que
j'eus de cette union. Je me sentis
en partie soulagée des peines de
l'amour , dès le moment que j'eus
le bonheur d'être mère. De Woronsky avait de précieuses vertus ;
mais l'orgueil des rangs le dominait

à toute outrance, et lui suscitait
quelques ennemis secrets, ce qui
ne laissait pas de m'inquiéter et de
m'affliger en même temps. Lors de
mon union, Berestfort, au désespoir, s'éloigna de notre pays ; mais
bientôt il y revint incognito, et
sous un nom supposé ; et osa me
faire savoir que c'était dans le lieu
même et près de la maison que
j'habitais, qu'il voulait terminer sa
triste vie. Dans cette conjoncture,
je me confiai entièrement à mon
frère, qui était plus âgé que moi
de dix ans. Ce bon frère me ché-
rissait et m'aidait de ses conseils.
Ma confiance et mes larmes, et de
plus, les rares qualités de celui

que j'aimais, l'avaient sensiblement touché, et il voulut bien se
charger de le voir et de tenter de le
consoler. Mais une cruelle lan-
gueur, une maladie dangereuse,
ne nous confirmèrent que trop qu'il
était le plus épris comme le plus
malheureux des hommes.

Je ne dois pas omettre que ma
mère, après mon mariage, n'était
resté que bien peu de temps à Varsovie ; elle s'en était retournée à
Berlin, son pays natal, avec mon
père, et sans qu'elle pût se douter
que l'objet de ses dédains fût si
près de moi.

La maladie de Berestfort le mit
à bien peu de distance de la mort.

Rien n'égalait mon affliction! j'allais
être, quoique innocemment, l'auteur de la perte d'un jeune homme
que j'aimais bien sincèrement.

Un jour, mon frère ne sachant
plus quelles ressources employer
auprès de son ami malheureux,
prit le parti de me déterminer à
une démarche bien hasardeuse.
La situation de Berestfort, me dit-
il, me déchire le cœur; il faut
essayer à le sauver par ta présence,
et, s'il le faut même, par tes soins.
Le temps, tu le vois, s'écoule vainement pour le guérir : voilà cinq
ans que tu es mariée, et ses souffrances n'ont fait qu'augmenter.
Depuis cette époque, caché au

monde, il ne cesse de gémir dans
le lieu où tu habites, sans qu'il
lui ait été permis de te voir, de
t'entretenir un seul moment ; sans
qu'il puisse recevoir de ta main un
seul mot de consolation! Viens avec
moi, je ne t'abandonnerai pas dans
cette triste circonstance. Viens,
te dis-je.... et je suivis mon frère.

Dans quel état je fus à l'aspect
du malade! il était couché sur une
chaise longue. Hélas! toutes ses
forces l'avaient abandonné ; sa
pâleur, ses joues, creuses, ses yeux
éteints, ses membres desséchés,
me firent une telle impression,
qu'à peine eus-je proféré quelques
paroles, je tombai sans connais-

sance auprès de lui. Dès que je revins à moi, ce fut pour me pencher sur son sein vivement agité alors; ce fut pour le couvrir de mes larmes; je l'appelai cent fois mon ami, mon cher Berestfort! et sa voix presque mourante répondait à mes douloureux accens. Je collai mes lèvres sur son front; je passai mes bras autour de son corps défaillant... O prodige de l'amour! l'infortuné semble renaître; il peut verser de douces larmes... et le calme pénètre dans son âme sensible. Et toi, ô mon frère chéri! comme alors tu pleurais aussi!

Je ne me retirai d'auprès de Berestfort qu'en l'assurant bien qu'il

me reverrait le lendemain et les
jours suivans, plutôt deux fois
qu'une; ce que je fis avec mon
frère; et ce fut ainsi que Berestfort
fut rendu à la vie. Mais que ne m'en
coûta-t-il pas pour pouvoir continuer mes assiduités! Maintenant
je puis tout dire!... Ciel! dit Berestfort, que vous est-il arrivé que
j'aie pu ignorer?... Vous allez l'apprendre, répondit ma mère; et elle
poursuivit son récit.

Comme tu le vois, ma chère Lodoïska, la vie de Berestfort dé-
pendait de mes soins, et si l'amour
me faisait les lui prodiguer, indé-
pendamment de cela, il m'était de
la plus grande importance qu'un

homme ne mourût pas pour moi.

Ainsi que tu ne peux en douter,
je vivais en paix avec ton père ;
il ignorait mes démarches, et je
rendais sans cesse grâces au Ciel
de ce qu'il n'en concevait pas le
moindre soupçon. Ma conduite
était en quelque sorte irréprochable,
quoique mon cœur fût vivement
épris ; et puis, j'étais sous l'égide
d'un frère vertueux. Mais il n'é-
tait pas moins utile que je veillasse,
comme lui, à ce que le plus profond mystère couvrît mes visites
réitérées chez Berestfort. Woronski
n'ignorait pas qu'il lui avait été
préféré par ma mère; mais, comme
elle, il ne pouvait supposer que

Berestfort était si près de moi; et
je n'étais donc point assiégée par
de trop vives inquiétudes, ce qui
ne fut pas de longue durée.

Il y avait à Varsovie un ecclé-
siastique dont la réputation répondait au saint ministère dont il était
chargé : chacun parlait de l'austé-
rité de ses mœurs, de ses vertus,
de ses talens oratoires. En effet,
il possédait éminemment l'éloquence de la chaire ; on reconnaissait
en lui le type des Bossuet , des
Massillon ; il exprimait avec un
charme inconcevable la douce
charité de Fénélon. Que de fois il
fit couler les larmes de ses audi-
teurs ! Ah ! combien il était propre

à convertir le chrétien qui s'était
égaré ! il faisait l'admiration de
tous ceux qui l'entendaient. Le
comte, ton père, fier et dévot à
la fois, voulut bientôt qu'un tel
homme fût un des ornemens de
notre maison. Le jeune ministre,
car alors il n'avait pas plus de
vingt-huit ans, était sans fortune
et la dédaignait véritablement;
mais cela n'arrêta pas ton père; il
alla le trouver, lui fit part de ses
intentions, et le détermina sans
peine... Que dis-je, il combla les
vœux secrets de ce jeune homme,
il combla ses vœux les plus ardens !....

Un jour donc... il y avait déjà

près de deux ans qu'il demeurait
chez nous, et ce fut après quelques
semaines que je faisais régulière-
ment mes visites à Berestfort, je
puis dire que rien n'égala ma surprise quand il vint se précipiter
à mes pieds en me déclarant qu'il
m'adorait et qu'il était le plus malheureux des hommes! Il n'est pas
besoin de dire de quelle manière je
reçus cette audacieuse déclaration.
Toutefois il me laissa parler tout
à mon aise; mais, ensuite, voici le
discours qu'il me tint d'une voix
si douce et si assurée en même
temps, et avec des regards si ten-
dres, que j'ai cru long-temps le voir
et l'entendre encore.

Madame, je m'attendais à votre réponse, et je sais qu'elle est fondée sur deux causes; mais j'aurai l'honneur de vous les dire dans un moment. Sachez d'abord que vous m'êtes apparu comme un ange à la dévotion duquel je me suis livré sans réserve. Pourtant n'allez pas croire que vous m'êtes apparu comme un de ces anges que de certains savans appellent *substance complète*, parce qu'ils veulent faire un tout de chaque ange, un tout indépendant de toute autre substance, c'est-à-dire, non assujéti aux lois de *l'union du corps et de l'âme*; mais vous avez été pour moi un objet dont je me suis fait

aussitôt *une idée sensible*, c'est-à-
dire, un objet adorable tenant à
la fois du terrestre et du céleste.
Or donc n'en doutez pas, je ne vous
offre point un amour mystique ;
et j'adore en vous une intelligence
unie au corps le plus aimable que
j'aie encore vu, aux charmes que
l'amour s'est plu à former ; en un
mot, je suis un homme avant tout,
et Dieu m'a créé comme les autres
hommes pour le servir dans sa plus
belle créature. Maintenant, madame, permettez-moi de vous donner quelques explications relatives
au célibat imposé aux prêtres catholiques, apostoliques et romains,
puisque je suis de leur nombre,

et que je dois vous sembler si fort en état de rébellion contre mes devoirs.

Le célibat est un des plus cruels supplices que nous ayons à souffrir; et, contraire aussi bien à la nature qu'au vœu de l'Évangile, il est devenu la source de plus d'un coupable égarement....

Les premiers prêtres du christianisme étaient mariés : hormis S. Jean, tous les apôtres de Jésus étaient mariés , et leurs épouses les suivaient ordinairement dans leurs saintes missions. On connaît assez les réclamations de S. Ignace contre le célibat. S. Jérôme, au quatrième siècle, a lui-même publié que les

prêtres mariés étaient plus dignes
des fonctions de l'église que les
prêtres célibataires, en ce qu'ils
étaient mus par des affections domestiques, qui étaient la garantie
de leur bonne conduite dans les
fonctions du sacerdoce. S. Paul
est aussi le plus ardent zélateur du
mariage des pontifes; il s'étend avec
éloquence sur cette union si natu-
relle et obligée des deux sexes ;
il la regarde comme l'appui le plus
certain de la chasteté, comme étant
approuvée, bénie de Dieu ; il la
confond enfin essentiellement avec
les devoirs de la religion.

Que de désolations ne produisit
pas le trente-troisième canon du

concile *d'Elvire* tenu en Espagne, l'an 300, par *Osius de Cordoue*, qui défendait à tous les prêtres, de quelque hiérarchie qu'ils fussent, *d'épouser une femme et de procréer des enfans*. Le concile *d'Ancire* qui eut lieu quinze ans aprè, et le concile de *Néocésarée*, vinrent à l'appui de ces premières dispositions par des dispositions non moins étranges, et desquelles ensuite le concile si célèbre de *Nicée* voulut augmenter la rigueur, en proposant l'interdiction aux évêques, diacres ou sous-diacres, de tout commerce avec les femmes qu'ils auraient épousées avant l'ordination. Par le concile *d'Elvire*,

on voit qu'on devait continuer de
remplir le ministère des autels dans
l'état du célibat; par celui de *Nicée*,
on voit qu'on aurait été admis à ce
saint ministère, en renonçant au
mariage qu'on aurait contracté
avant l'ordination. Alors le pur et
l'impur auraient été à la fois
admis, puisque impureté, puisque
souillure il y a dans les liens
du mariage, selon nos prétendus
Saints législateurs. Je ne passerai
pas sous silence, madame, qu'alors
le vénérable *Paphnucius*, l'homme
le plus savant de ce concile, se
montra le plus ennemi de ces abus
du despotisme papal; et, pour
rendre ses raisons plus frappantes,

il se fortifia des préceptes du Ré-
dempteur ét de l'apôtre S. Paul
dont je viens de vous parler. *Paphnucius* fut approuvé dans son
dire, mais la question resta incer-
taine. Et l'an 340 il fut décrété, dans
le concile *d'Arles*, que tout homme
qui était marié ne pouvait recevoir les ordres sacrés, s'il ne jurait,
avec le consentement de sa femme,
de vivre avec elle, non pas comme
un mari, mais comme un frère;
et pour cette fois, le pur et l'impur furent formellement consacrés. Ensuite vers l'an 384,
on vit le pape *Syricius*, mettant
à profit toutes les dispositions
violentes de ses prédécesseurs,

ordonner, par une loi défini-
tive, le vœu d'un célibat absolu
de tous les prêtres catholiques,
apostoliques et romains. Ce fut à
cette époque que les prêtres grecs
aimèrent mieux divorcer avec le
Vatican qu'avec leurs femmes, ou
préférèrent le droit d'épouser à la
soumission de garder un célibat
qui les aurait placés au rang des
martyres. Néanmoins cette loi
triompha dans d'autres contrées;
elle fut sanctionnée en Afrique, par
le concile de *Carthage ;* en Gaule
par ceux d'*Orléans*, de *Tours*, et
d'*Agde ;* en Allemagne, par les
conciles d'*Aix - la - Chapelle*, de
Worms, et de *Metz.* Quant à la

Sicile, elle résista quelque temps ;
mais, sous Grégoire-le-Grand, elle
y devint soumise, malgré son cli-
mat ardent. Enfin, cette loi fatale
parvint à s'établir dans presque
toutes les contrées du monde chrétien, jusqu'à ce que des sectateurs
humains vinssent en affranchir la
plus grande partie ; et ce fut en
même temps l'affranchir d'une pé-
pinière de malheurs, et d'un nombre infini de scandales. On n'ignore
pas avec quelle chaleur et quelle
justice, *Luther*, *Calvin*, *Zuingle*,
Henry VIII, arguèrent de ces
malheurs, de ces scandales, pour
abolir un si odieux arbitraire ! N'a-
t-on pas vu Charles-Quint récla-

mer près de *Clément VII* cette même abolition ? L'empereur *Maximilien* ne voulut-il pas, irrité par les scandales de l'église germanique si soumise en tout aux volontés des papes, se faire pape lui-même pour abolir le célibat ? Rodolphe, son successeur, animé du même sentiment, ne fit-il pas tout pour fléchir l'église romaine pour l'abrogation de cette loi ? Les papes sont restés sourds à la voix de la raison, de la nature et de l'humanité; et les vices du célibat auxquels est en proie la majorité des prêtres catholiques, apostoliques et romains, n'ont pas encore cessé de désoler la terre.

Comme prêtre moi-même, il est évident, madame, que je dois contribuer à vous convaincre de l'impuissance de la loi romaine et papale, qui veut m'obliger à lutter contre la nature et les sentimens inspirés, par ce qu'elle nous offre de plus séduisant dans la moitié du genre humain. Il est vrai que vous pouvez m'accuser de brûler d'une flamme adultère; mais, en réfléchissant un peu, je pense que vous me trouverez moins coupable... Et j'arrive, madame, tout directement à la première des causes qui vous portent à rejeter mon amour; c'est que vous en aimez depuis long-temps un autre

que votre époux ; et quant à la
seconde, c'est que vous n'aimez
pas un prêtre pour amant ! Ne rou-
gissez pas, madame ; le comte est
vieux, vous êtes jeune et belle, et
un mari de cinquante - cinq ans
ne peut assez expier la faute d'a-
voir uni les glaces de l'hiver avec
les roses de votre printemps. Le
comte Berestfort est l'objet chéri
de toutes vos pensées ; il est à peu
de distance de votre demeure ;
c'est là que vous allez si souvent,
à l'insu du comte votre époux,
avec monsieur votre frère. Vous
voyez, madame, que la jalousie
dont je dois indubitablement être
atteint, me rend l'arbitre de la

paix de votre ménage ; j'ose vous avouer que je ne pourrais peut-être pas me défendre du désir coupable de venger un amour méprisé de votre part. Pourtant, ce ne sera point vis-à-vis de vous que j'aurai jamais cette hypocrisie, à laquelle le prêtre amoureux a presque toujours recours, soit pour réussir près des femmes, soit pour s'en venger : c'est bien assez de celle dont je suis dans l'obligation de faire usage à l'extérieur ; c'est bien assez pour moi, ou pour mieux dire beaucoup trop, d'affecter des vertus austères que je ne pratique pas. Par état, je dois agir ainsi, mais avec vous, il en doit être autrement. Pourtant, comme ma pieuse vocation prête beaucoup à me garantir des coups d'une femme irritée, et vous le savez aussi bien que moi, cette vocation m'offre quelques ressources que ma position malheureuse ne doit pas me faire dédaigner... En grâce, madame, ne vous épouvantez pas d'avance; que ma franchise ne me rende pas odieux; mais il m'est impossible de vous dire tout ce que je suis capable de faire pour votre possession. Songez, femme charmante, que c'est un homme qui vous parle, un homme qui ne peut plus se vaincre, et qui n'en sera que plus dévoué au bonheur des autres quand vous aurez fait le

sien. Voyez combien vous aigri-
riez mon esprit, ma morale, par
vos mépris ou votre haine : le Ciel
m'abandonnerait , l'enfer serait
dans mon cœur ; et je ne saurais
plus prêcher l'amour du prochain,
et surtout la tolérance que vous
m'avez toujours vu allier aux devoirs les plus saints de notre religion. S'il m'eût été permis de
prendre une épouse, je ne serais
pas aujourd'hui à vos pieds ; vos
charmes auraient sans doute frappé ma vue, mais sans affecter mon
âme. Vous êtes non la première
femme que j'aie pu aimer, mais
la seule que j'aimai jamais si ar-
demment. En grâces ne me re-

poussez pas ; ne suis-je pas le seul qui convienne à votre état d'épouse? Le comte est rempli de confiance en moi; il est dévot, orgueilleux et fier en même temps; croirait-il jamais que mon humilité pût aller jusqu'à vous? Vous pleurez.... Hélas ! c'est moi qui en suis l'auteur;... mais j'ai tout dit;... daignez y réfléchir. Et surtout ne mettez pas monsieur votre frère dans votre confidence en cette conjoncture ; vous lui donneriez en moi un ennemi plus dangereux que vous ne pourriez croire. Faites donc ma félicité, et vous n'aurez jamais eu un meilleur ami, et un esclave plus dévoué, plus fidèle et plus constant ! »

Ici mon pieux chevalier cessa de parler. Ah! dans quelle situation j'étais! Retirez-vous, lui dis-je, monsieur,.... retirez-vous, je vous en conjure ! j'ai besoin d'être seule.... Et il se retira en me baisant les mains que je ne pus sans peine débarrasser des siennes.

Quand je fus obéie par ce tyran d'une espèce toute nouvelle pour moi, je fus livrée à la douleur la plus vive, à une terreur inconcevable ; et malgré le silence qu'il m'avait prescrit, ma première pensée fut d'aller me jeter dans les bras de mon frère ; mais je n'osai plus,

en me rappelant la menace de cet
homme contre ce frère bien aimé ;
de cet homme que je trouvais si
justement odieux. J'étais entravée
d'une manière extraordinaire ; je
connaissais bien mon frère : sensible, fier et bouillant, il aurait
voulu aussitôt attaquer violemment
l'ami sacré de la maison ; mais les
éclats avec un tel personnage de-
venaient funestes, Woronski aurait
immanquablement tout appris ; et
mon frère, Berestfort et moi, nous
aurions été perdus ; car je ne
pouvais pas douter que l'hypocrisie
triomphât ; car, bien qu'il avait
parlé ouvertement et franchement
devant moi, je ne pouvais oublier

qu'il ne dédaignerait pas les avantages que lui donnerait, en cette occasion, et avec les torts que j'avais envers mon époux, son caractère imposant et respecté : j'étais donc réduite au silence. Il fallait de plus l'observer vis-à-vis de Berestfort qui eût été en proie aux plus cruelles inquiétudes, et à la colère la plus terrible contre un homme qui n'avait que trop de moyens pour la braver.

Tu me vois donc, ma chère Lodoïska, au milieu de quatre individus, dans un état d'anxiété qui me donnait toujours de nouveaux supplices dans lesquels je ne pouvais trouver aucun soulagement, de quel-

3.   18

que côté que je voulusse me retourner.

La situation de Berestfort néces-
sitait les plus grands ménagemens;
son âme éprouvait du calme ; mais
il fallait un certain espace de temps
pour que son physique reprît quelque
peu de vigueur. La moindre agita-
tion pouvait tout ébranler, pouvait
même détruire l'effet de mes soins
assidus, de ces soins que, dans ma
conscience, je ne pouvais pas croire
véritablement criminels, quoiqu'ils
étaient prodigués dans le mystère,
excepté actuellement pour Fermando ; car c'est ainsi que se nommait mon singulier persécuteur,
né Sicilien, et d'origine espagnole.

Le jour même de son étrange
déclaration, et de laquelle j'eus
d'autant plus lieu d'être surprise
que rien en lui ne m'avait fait
soupçonner son amour, je me ren-
dis auprès de notre malade ; je
tachai de bien cacher les traces de
mon chagrin, et ni Berestfort ni
mon frère ne s'en aperçurent. Fermando me laissa trois semaines en-
tières livrée à mes réflexions ; et il
ne doutait pas que je n'en fisse
beaucoup. Lorsqu'il se trouvait
avec moi, en face de mon mari,
j'étais si troublée, quoi que je fisse
pour ne le point paraître, que je
manquais de perdre toute contenance. Celui qui me mortifiait et

m'affligeait ainsi, savait bien qu'il
fallait une position comme celle
dans laquelle j'étais, pour lui assurer tant d'impunité de ma part. Au
bout de trois semaines il revint donc
près de moi, qui ne savais en conscience comment l'en empêcher. Il
redoubla d'instances et de protestations ; et ma position devenait de
plus en plus gênante. Mais, comme
je vis qu'il était excessivement animé par sa passion, je m'avisai
enfin de penser, puisque je ne pouvais me soustraire à ses cruelles
importunités, qu'il fallait au moins
chercher à mettre son amour à
profit. Ah ! lui dis-je, laissez-moi,
je n'ai pas la force de rien vous ré-

pondre en ce moment ; Berestfort
est au plus mal.... Suis-je donc en
état de souffrir vos persécutions ?
Priez plutôt pour qu'il soit rendu
à la vie, car j'aurais la mienne en
horreur, s'il fallait qu'il mourût
victime de sa tendresse pour moi ;
et si vous m'aimiez comme vous le
dites, à quoi vous avancerait ma
douleur ? Ces paroles, que je pro-
nonçai avec intention et avec l'accent de la peine et non pas du
courroux, firent, tout d'abord, un
bon effet sur Fermando : il se calma
et parut entrevoir quelque espérance. Je ne voulais donc que gagner du temps pour le rétablissement de la santé de Berestfort, que

je disais alors plus malade qu'il
n'était. Je voulais qu'il fût possible
qu'il se trouvât, quelque chagrin
que cela dût me causer, déjà bien
loin de moi quand Fernando l'en
croirait bien près. Pourtant, dans
cette nouvelle conjoncture, je ne me
promettais pas moins de solliciter
le départ de Berestfort, dès que sa
santé le lui aurait permis. Je sentais
qu'il était de mon devoir de me
mettre en état de remporter cette
victoire sur un homme qui, d'ailleurs,
m'aimait assez pour sacrifier à ces
mêmes devoirs et à mes craintes.
Dans le cas actuel, j'allais donc lui
dire que mon honneur et par conséquent mon repos étaient entière-

ment compromis ; mais par le fait
de quelques gens qui avaient épié
mes démarches, et m'avaient menacée d'instruire Woronski de celles
qu'ils savaient que je faisais avec
mon frère. Cette manière de dé-
guiser la tyrannie de Fernando,
était nécessaire, par les raisons
principales que j'ai déjà fait connaître. Encore une fois, je n'étais
que trop intimement persuadée que
mon frère aurait attiré Fernando
dans un parti fâcheux , sans daigner
calculer les chances qu'il y aurait à
courir : et par amitié pour moi,
mon frère se fût compromis en
prenant tout sur lui ; en voulant
trouver des moyens de faire dispa-

raître tout ce qui aurait pu me
nuire. Mais je ne pouvais me résou-
dre à risquer l'événement ; du moins
jusque-là, je ne déviai point de
cette manière de voir et de penser.

Berestfort une fois parti , je
n'avais donc plus les mêmes appré-
hensions ; nous eussions démenti
sur tous les points notre accusateur.
Les personnes chez qui Berestfort
se tenait si soigneusement solitaire,
ne le connaissaient pas sous son
véritable nom , et ne logeaient pas
dans la petite maison qu'elles lui
avaient louée , et, de plus, elles
n'avaient jamais vu ni mon frère
ni moi. Quant à son père, qui était
son ami, son cher confident, il ne

lui écrivait que sous ce nom supposé ; et il ne l'aurait certainement
pas dévoilé à Woronski. La découverte du lieu qu'habitait Berestfort
ne nous serait donc devenue funeste
que dans le cas où il y fût resté.

Mais quelle était mon erreur
quant à l'accomplissement de mon
projet ! Fernando, qui s'était calmé
d'abord, après quelques instans me
dit : Mais le mal de Berestfort s'est
donc prodigieusement accru depuis
hier, car avant-hier il était mieux
que les jours précédens ? — Comment le savez-vous ?... Qu'importe !... je le sais. Il ne faut pas
me tromper, madame : d'ailleurs
vous ne le pourriez pas long-

3. 19

temps.... —Mais vous.... —Madame, je puis être instruit de son
état, tout aussi bien que vous ; et,
dès ce soir même, je puis vous
donner des nouvelles de cette santé
qui vous est si chère !...

En vérité, je ne pouvais comprendre comment il était si bien
informé de tout ce qui nous concernait. Déjà je l'avais prié instam-
ment de me faire ses aveux à cet
égard ; mais il ne le voulut pas, et
ne me les fit jamais. Je puis bien
dire que j'étais dans des appré-
hensions accablantes, dans un tour-
ment perpétuel ; et je ne savais par
quel heureux hasard je me verrais
débarrassée de lui. Mais à quel prix

le Ciel exauça-t-il mes prières !...
Hélas ! personne de nous ne peut
s'accuser d'avoir perdu Fernando ;
l'insensé, le malheureux, s'est perdu lui-même, et voici comment.

Trois jours après ce dernier entretien, il vint me trouver : Eh
bien ! me dit-il d'abord et avec
l'expression d'un homme vivement
ému, Berestfort entre en convales-
cence, loin que son état ait si subite-
ment empiré ; il était mieux encore
que la veille, le jour même que vous
le disiez si malade ; le lendemain
mieux encore, et aujourd'hui bien
mieux encore.... Je vous devine,
cruelle que vous êtes ;.... mais il
ne quittera pas Varsovie comme

vous le voulez.... Sachez bien que
Fernando ne passera pas pour un
imposteur. Bien que je soutiendrais
la patience de votre époux pour
découvrir enfin la vérité, sa première impression serait contre moi;
et ne fût-elle que momentanée, je
ne souffrirais pas qu'il en fût ainsi;
et votre Berestfort ne partira pas
que je n'aie vengé ma douleur ou
que vous n'ayez eu pitié d'un malheureux qui vous aime avec transports, et qui n'était peut-être point
fait pour persécuter une femme!
Vous vous taisez.... Ah! songez-y,
les feux qui me dévorent vous coû-
teront cher, si tant de cruauté de
votre part ne fait place enfin à

votre humanité pour moi. Et en achevant ces dernières paroles, il se jeta sur un siége. Ah! vous êtes un monstre, m'écriai-je alors toute anéantie que j'étais. Soit, reprit-il, je suis un monstre; mais si vous n'aimiez point une autre personne, je ne vous parlerais pas si ouvertement; mais Berestfort, ce Berestfort est adoré! Allez, vainement vous voudriez colorer votre amour du beau sentiment d'une pitié généreuse.... Malgré mon active surveillance, votre frère ne vous accompagne peut-être pas toujours!.. Que me dites-vous! repris-je aussitôt avec l'accent d'une vive douleur et de l'indignation, infâme

que vous êtes !.... Ah ! le Ciel
m'entend, oui, j'ose le jurer, mon
âme est pure ; je suis toute au père
de mon enfant ; mes devoirs me sont
sacrés, et que je meure à l'instant
même si jamais.... Ah ! s'écria-t-
il en m'interrompant et en tombant à mes pieds, cher et malheureux objet de tant d'amour, pardon !... cent fois pardon ! Mais,
au nom du Ciel même, au nom de
vos charmes et de mon désespoir,
ayez donc pitié de moi ! Et alors ses
larmes coulaient abondamment.
Rassurée par cette contenance et
tant d'affliction, relevez-vous, lui
dis-je, Fernando, relevez-vous;
je plains votre égarement, plai-

gnez aussi ma position ; elle est affreuse : et si ce n'était mon enfant, je m'ôterais à l'heure même cette vie que vous tourmentez si indignement. Ah ! si Woronski savait que vous abusez ainsi du malheur de son épouse, dans vos seuls intérêts, croyez-vous qu'il ne vous poursuivrait pas aussi dans sa fureur ? Si du moins, sans m'aimer, croyant veiller à son honneur, vous alliez lui rendre compte de mes démarches clandestines, vous ne seriez pas coupable.... à mes yeux.... Fernando, quoi que vous puissiez croire de mon amour, jamais Berestfort ne sera au comble de ses vœux. Cessez donc d'appeler votre

rival, un homme qui est condamné
à n'être jamais à moi. Eh ! pourquoi donc, reprit-il avec chaleur, y
serait-il condamné ? le comte votre
époux n'est-il pas dans un âge qui
puisse favoriser l'espérance d'un
amant qui a juré d'aimer toujours ?... Grand Dieu ! cette pensée
me fait horreur.... Non, je ne puis
plus rien entendre ;.... et dès ce
soir, il saura que, dans un avenir
prochain, il faut qu'il ait ma vie ou
que j'aie la sienne.... Ici Fernando
me fit frémir. Quoi ! lui dis-je, vous
vous divulgueriez ! — Oui, et la
jalousie qui me domine, qui me
déchire, peut me porter à tout !
Oui, madame ;.... mais je sors,

ajouta-t-il en me regardant avec
des yeux hagards, je suis dans une
situation affreuse, épouvantable !...
Aussitôt je me précipitai vers lui,
je l'arrêtai, je l'appelai de son nom
avec une voix suppliante, il se re-
tourna, me fixa un moment, et
tomba ensuite dans l'état le plus
complet d'évanouissement. Alors
quel trouble ! quel embarras ! que
faire seule avec lui et sans oser
appeler du secours ! Je lui fis res-
pirer d'une eau spiritueuse, mais
en vain pendant au moins un grand
quart d'heure ; son état ne chan-
geait point, sa pâleur était ef-
frayante. Je n'y pouvais plus résister ; la terreur me gagnait, et j'allais

sonner, quand enfin il s'agita et rouvrit les yeux. A peine commençait-il à revenir à lui, qu'il fallut qu'il se retirât : mon frère allait entrer. Mais à mon tour j'étais prête à m'évanouir. Cependant je tâchai de rappeler toutes mes forces, et, pour cette fois, je résolus de tout dire à mon frère, qui à l'instant même fut frappé de ma pâleur, et de mon tremblement involontaire. Il m'interrogea vivement, et ce fut alors qu'en versant une abondance de larmes, je cédai à cette résolution contre laquelle j'avais lutté trop long-temps.

Comme je l'avais bien pensé, mon frère fut d'abord furieux. Je

crus devoir néanmoins lui faire part
de toutes les réflexions que j'avais
faites à l'égard de toute attaque
contre Fernando ; et quand je fus
parvenue à le calmer un peu, il
s'y rendit ; mais en me priant de
s'en rapporter à lui sur les moyens
qu'il entrevoyait de nous préserver
des excès de ce misérable ! Dès ce
moment, dit-il, je vais m'assurer
de ses moindres démarches à l'extérieur, et quant à toi, veille bien
à celles qu'il peut faire ici. En vérité, Fernando m'avait fait tant de
peur, que je n'hésitai pas à m'en
remettre tout à mon frère, quoique la conjoncture fût si critique ;
et je ne songeai même pas alors

à l'interroger sur ce qu'il voulait
faire.

Fernando ne sortit pas , ni dans
la journée ni le soir , comme il l'a-
vait dit ; il resta même dans sa
chambre ; mais le lendemain il envoya demander la permission de se
présenter , et je le lui permis comme
de coutume. Son état avait quelque
chose de vraiment pénible. Quelque
coupable qu'il était , je ne pus en
moi-même me défendre d'en convenir. Eh ! bien , madame , me dit-
il , triomphez-vous d'une pareille
situation ? Je ne veux pas le
croire ;.... mais, quoi qu'il en puisse
être , consentez enfin à mon bonheur. Non, je ne puis renoncer à

vous ; j'ai toutes les fureurs de l'amour. Tremblez donc de ne m'opposer que des refus, je ne puis plus en souffrir ; cédez à l'heure même, cédez, vous dis-je, ou dès ce moment je cours chez votre époux !

Oh ! pour cette fois je puis bien dire que je devins hardie, terrible. Je voyais surtout que mon frère n'aurait pas le temps d'effectuer ses projets contre un si violent ennemi ; et animée par le désespoir : Eh bien ! m'écriai-je alors en me levant de dessus mon siége, homme odieux que vous êtes, courons-y donc tous deux chez mon époux. Un trait de lumière me frappe enfin ! qu'il

sache tout. Woronski verra la
pureté de mon âme. Mon frère
qu'il estime, qu'il aime, sera mon
garant ; et vous, quoi que vous
disiez, quoi que vous fassiez, vous
serez voué à son exécration. Oui,
je me sens inspirée ; c'est le Ciel
qui prend pitié de moi, et ce coup
d'éclat me sauvera.... Mais si pourtant je pouvais me tromper, peu
m'importe, je me résigne à tout.
Venez, vous dis-je ; c'est assez d'être
un scélérat, n'ajoutez pas à ce titre
épouvantable, celui de lâche le plus
insigne. Venez, vous dis-je ; et en
m'exprimant ainsi, je l'attirai avec
force vers la porte de sortie. Mais,
le croiriez-vous ? cette ressource

inopinée que le désespoir me fit trouver, produisit l'effet du pro-dige. Il resta muet, interdit, et me laissa pour cette fois un triom-phe complet, et se retira.

Deux heures après, je vis mon frère, et me hâtai de lui faire part de ce nouvel incident, et j'en au-gurai que Fernando était moins à craindre ; mais mon frère n'en au-gura pas ainsi. Mon amie, me dit-il, un grand poëte français a dit :

La douleur qui se tait n'en est que plus funeste.

Ne te fie donc pas au triomphe que tu as remporté aujourd'hui ; il faut conjurer les dangers qui te menacent. — Oui..... mais par quels moyens?.... Puis-je

les connaître ? . . . . . Ah ! mon
bien aimé frère, fais que ces
moyens puissent se concilier avec
ton cœur et le mien. Je te connais,
je sais tout ce que tu souffrirais
si... — Je t'entends ; mais sois tran-
quille, et voici mon projet, qui,
d'ailleurs, ne peut être un secret
pour toi. Je sais que dans la cruelle
anxiété où nous sommes, ce projet
peut se concilier avec ma sensibilité, d'autant plus qu'il est le garant
de ton honneur et de ton repos.
Eh bien donc ! il faut faire enlever
d'abord Fernando, et je réponds du
succès. — Que dis-tu ? — Ensuite
nous verrons à capituler avec lui, de
manière à ce qu'il soit hors d'état de

nous nuire. — Eh ! comment cela ?
— Laisse-moi d'abord m'en empa-
rer, je te dirai le reste après. —
Mais, tu me saisis d'étonnement !
Et que dira Woronski de ne plus
le voir ici ? Il va le demander immanquablement. — Nous dirons
que nous ne savons où il est. S'il
lui avait pris envie de s'en aller,
ne ferions-nous pas la même réponse ? Crois-moi, nous n'avons
pas d'autres ressources ; c'est un
homme que le sentiment ni la raison ne pourront jamais gagner. Ce
n'est pas lui ôter la vie, que de le
reléguer loin des lieux qu'il veut
remplir de trouble, de vengeance,
et par conséquent de désespoir ; et

de lui faire racheter sa liberté, ensuite, au prix de ne plus pouvoir
commettre un tel crime. — Que ta
volonté soit faite, répondis-je à
mon frère, et il allait tout disposer
incontinent pour qu'il en fût ainsi,
quand à l'instant même Fernando
envoya me demander de nouveau
la permission de me parler. Je dis
à mon domestique que je le sonne-
rais dans un moment, et qu'il eût
à attendre ma réponse. Mon frère
me dit qu'il était fort d'avis que
j'accordasse l'entretien demandé,
et qu'il allait se cacher dans l'ap-
partement. Comme vous pensez
sans doute, j'y souscrivis sans peine,
mais pourtant en le priant bien de

ne pas se montrer, quoi que pût
dire Fernando, à moins qu'il n'osât
insulter à ma personne, ce que
mon frère me donna sa parole
d'observer rigoureusement, et il
se cacha dans un petit cabinet
qui était à peu de distance de la
cheminée contre laquelle j'étais
assise. J'envoyai aussitôt chercher
Fernando, et après un peu de silence, voici le discours qu'il me
tint :

« Madame, depuis quelques
heures, j'ai beaucoup réfléchi à ma
conduite, et j'ai dû en reconnaître
toute l'indignité. J'abuse de votre
situation de cœur entre Berestfort
et votre époux ; j'abuse de la con-

fiance de ce dernier. La vertueuse
douleur, le désespoir que vous
venez de faire éclater, m'ont sincèrement affligé ; mais, je dois le
dire, quelle que fût l'impression
favorable que vous produiriez sur
l'âme de votre époux, vous n'en
seriez pas moins humiliée par un
pardon que vous accorderait cet
époux offensé, et trop fier pour ne
pas l'être en ce cas ; et la paix de
votre ménage n'en serait pas moins
compromise, car le comte, qui croirait d'abord à votre douleur, à vos
protestations, n'en céderait pas
moins au temps qui ramènerait,
malgré tout, des soupçons qui lui
feraient regretter de n'avoir été

que juste ; en conséquence il se croirait généreux, et vous auriez donc
doublement à gémir. Quant à moi,
j'ai l'intime conviction que je triom-
pherais dans une telle circonstance.
Sans parler davantage des ressources de mon caractère imposant et
sacré aux yeux de beaucoup d'hommes que notre sainte éloquence
entraîne facilement, et du nombre
desquels il faut mettre le comte,
je pourrais avoir recours à cette du-
plicité, à cette perfidie communes
à tant d'autres : je pourrais dire que
mes reproches faits dans l'intérêt de
l'honneur de votre époux, et dans
l'intérêt de votre honneur même,
vous ont irritée au point que vous

m'accusez d'amour et de jalousie,
et que vous me traînez aux pieds de
votre époux, comme un monstre
qui ne pouvant en venir à son but,
veut vous accabler de sa vengeance;
que c'est le seul moyen qui vous
restait, puisque j'allais tout révéler après avoir épuisé près de vous
tous les raisonnemens que pouvait
me susciter cet étrange mépris de
vos devoirs. Et puis ma réputation,
la compteriez-vous pour rien ? Ah !
madame ! il faudrait d'autres preu-
ves que vos plaintes pour me faire
passer pour impur et criminel.

Je ne vous ai donc réduite qu'à
un désespoir qui ferait votre perte,
et, j'ose le dire, non pas la mienne.

Madame, ne pâlissez pas.... ne pleurez plus... vous me faites trop de mal, car je vous adore peut-être plus que jamais !.... Mais je veux vous fuir ; c'est un essai que je veux tenter ; et dès ce soir même, je prends ce parti. Il est violent, dans l'état où je suis ; mais j'ai appelé et j'appelle plus que jamais le Ciel à mon secours. Voilà ce que le célibat a fait en moi ; il a irrité les feux naturels de l'homme ; et j'étais sur le point d'être un exemple odieux d'une criminelle continence. Adieu, ne me haïssez pas ; je suis plus à plaindre que vous. Donnez-moi cette belle main à baiser.... Hélas ! croyez bien que ce baiser

ne pourra point augmenter le feu
qui me dévore. Cet effort de philosophie est le premier de ma vie;
puisse la volonté du Ciel daigner le
couronner! O mon Dieu! dit ensuite Fernando en se jetant à genoux, et joignant les mains et
pleurant amèrement, prends pitié
de moi, conduis mes pas; assez
j'ai marché dans la voie de l'im-
piété, car c'est être impie que de
persécuter ses semblables! Et aussitôt il se releva, et sortit sans se retourner vers moi.

La première impression que mon
frère reçut de ce discours inattendu fut celle de la surprise. Quant
à moi, croyant avoir un peu deviné

le fond de l'âme de Fernando, il
n'en fut pas tout-à-fait ainsi : l'idée
qu'il pouvait bien n'être pas aussi
dangereux qu'il l'avait paru , me
revenait encore. Mais après quelques momens de réflexion , mon
frère reçut une toute autre impression , celle de la défiance la plus
parfaite. Eh bien ! me dit-il, si son
cœur est moins criminel qu'ulcéré
par l'amour , méfions-nous au
moins de sa tête ; et quand nous le
tiendrons , nous pourrons peut-être
sans peine triompher de lui ; et
mon frère poursuivit ses desseins.
Cruelle méfiance , pourquoi es-tu
venue si violemment assiéger une
âme généreuse et sensible ?

Ainsi qu'il l'avait dit, Fernando partit donc dès le soir même, et laissa tous ses effets, n'emportant que son argent. Mon frère ne le perdit pas de vue ; il le fit surveiller par des affidés, qui au bout de huit jours lui firent savoir que le malheureux voyageur, après avoir erré d'un lieu à l'autre, s'était enfin déterminé à revenir sur les bords de la Vistule, et s'y était arrêté à peu de distance de Varsovie. Vous pensez que mon frère fut plus disposé encore à effectuer son projet.

Fernando fut donc enlevé dans la nuit, et comme un homme suspect, de l'auberge où il logeait ; et il fut transporté dans un vieux châ-

teau que mon frère n'avait jamais
habité, et duquel Fernando ignorait le possesseur. Quelle fut la situation de ce jeune homme, naturellement fier et violent dans
tout ce qu'il ressentait ! Cette at-
teinte à ses droits, à son caractère
religieux, à sa liberté, le remplit
d'une fureur inexprimable. Celui
que mon frère avait chargé de le
garder, et qui était un fidèle servi-
teur, lui rapportait exactement
tous les reproches, toutes les plaintes, toutes les imprécations qu'il
proférait. Mon frère et moi étions
les objets de tous ses soupçons ;
mais il croyait que c'était Worouski
qui le retenait ainsi.

Pendant que tout cela se passait, la santé de Bérestfort se rétablissait tout-à-fait. Il ignorait combien nous étions, mon frère et moi, inquiets et tourmentés. Je n'avais cessé de lui présenter un visage paisible, et mes soins et mon amitié le rendirent enfin à la vie. Ah! me dit-il, je paierai tous vos soins, toutes vos incomparables bontés, d'une constance et d'une fidélité à toute épreuve. Je vous jure, puisque je ne puis être votre époux, de ne jamais l'être d'aucune autre. Mais, me pardonnerez-vous la demande que je vais vous faire? Hélas! je suis si malheureux!...Eh bien!.. si donc vous devenez veuve,.... me

refuserez-vous ce qu'une mère trop
impitoyable m'a refusé? A cette
demande je ne réponds que par un
profond soupir, et quelques larmes
tombèrent de mes yeux. Je vivrai,
me dit-il, puisque vous l'ordonnez,
et je ne vivrai que pour vous adorer
et vous avoir sans cesse présente à
mon souvenir.

Il ne me restait plus qu'une chose
à faire, c'était, comme je l'ai dit,
de déterminer Berestfort à quitter
enfin Varsovie, et à reparaître dans
le monde.

Quant à Woronski, il ne savait
à quoi attribuer la disparition de
Fernando. Que de choses se pas-
saient à l'insu de mon époux!

Mon frère, tourmenté malgré lui, ainsi que je l'avais prévu, par les regrets de tenir ainsi à sa disposition un homme dans la douleur, après huit jours de l'enlèvement de Fernando, me donna connaissance de la capitulation en question.... Je vais, me dit-il, le trouver moi-même, lui porter cette lettre, et s'il consent de l'écrire comme venant de lui et adressée à toi, je le renvoie aussitôt avec une somme d'argent suffisante pour lui assurer un sort heureux. Et il me lut cette lettre ainsi conçue.

FERNANDO à madame la comtesse de WORONSKY.

« Non , madame , je ne puis cesser de vous adorer. Plus je pense aux persécutions dont je vous ai accablée trop long-temps , et plus vous m'êtes chère. Vainement vous m'avez menacé de votre époux , vainement vous m'avez forcé de fuir après ma dernière tentative dont je reconnais toute l'indigne témérité. Je brûlerai toujours des mêmes feux. Hélas! je ne pouvais pas dédaigner les charmes de la beauté. Mais, au milieu de tant de motifs d'être honteusement repoussé de vous, permettez-moi

de vous supplier de ne point me
haïr. Que dis-je ? accordez-moi
votre pitié, car je suis un coupable
bien à plaindre. Daignez, madame,
continuer de garder le silence vis-à-
vis de votre époux à mon égard.
Jamais tant de générosité ne sortira
de ma mémoire, et ma reconnaissance, ainsi que mon malheureux
amour, ne finiront qu'avec ma vie.

»FERNANDO. »

J'approuvai très-fort mon frère,
qui, le soir même, se rendit auprès
de Fernando, qui ne l'eut pas plutôt
aperçu, qu'il s'écria : Ah! voilà donc
un de mes ennemis ! Cruel que vous
êtes, n'avez-vous donc jamais aimé ?

car vous savez tout, elle vous a tout avoué?... — Oui, Fernando, je sais tout. — Eh bien! quel sort me réservez-vous? — Calmez-vous, vous allez le savoir: écrivez cette lettre que voici;.... vous ne pouvez qu'à ce prix racheter votre liberté, et cesser d'être dangereux pour ma sœur, que vous avez si cruellement persécutée. N'hésitez pas, Fernando; vous devez vous faire gloire de pouvoir exercer un acte de générosité, et de mériter une éternelle reconnaissance.

Fernando, après avoir lu cette lettre, et resté pensif quelques momens: Monsieur, dit-il à mon frère, vous me connaissez mal; je

n'ai pas l'idée de la vengeance, et
ne l'ai jamais eue ;.. et votre sœur
aurait dû, enfin, me deviner toute
la première. Tant de prévoyance
de votre part, est la preuve d'une
grande tendresse pour elle. Votre
lettre est datée du moment de ma
captivité, et censée être envoyée
d'un lieu où je ne suis pas. Tout
cela, quoique fort simple, n'en est
pas moins fort adroit ; mais il faut
vous le dire, il n'en était pas besoin, et vous vous en êtes trop rap-
porté à de funestes paroles. Mais
je ne puis vous en vouloir de tant
de prévoyance ;.... et pour vous
le prouver, je vais écrire... Mais
ne me trompez pas... —Fernan-

do, je jure sur mon honneur, et,
s'il le faut, sur mon Dieu.... —
C'en est assez, je vous crois. Et
aussitôt Fernando écrivit.

A peine eut-il remis à mon frère
la lettre qu'il venait d'écrire avec
l'original, que mon frère, en témoignages de satisfaction et de reconnaissance, le serra dans ses bras,
ensuite lui fit bander les yeux,
le fit monter dans sa voiture et le
conduisit vers un village tout op-
posé à celui où il l'avait fait
prendre ; puis le fit descendre à l'entrée de ce village, lui remit un petit
coffre, l'embrassa de nouveau, re-
monta dans sa voiture et revint en
ville avec célérité.

Quel soulagement pour le cœur
de mon frère ! et quel soulagement
pour moi ! Je ne dois pas omettre
qu'il avait bien eu soin de dire à
Fernando que cette lettre ne ser-
virait que dans le cas où lui, Fernando, chercherait à se venger.
Mais notre soulagement, mais cette
sorte de tranquillité que nous
venions d'obtenir, furent bientôt
suivis d'une grande peine.

Dès le lendemain au matin, mon
frère reçut une lettre et le petit
coffre qu'il avait donné à Fernando. Voici le contenu de cette
lettre :

« Monsieur,

« Je me suis arrêté hier, dans une
auberge à l'entrée du village où
vous m'avez conduit. J'y ai passé
une nuit affreuse, terrible ; je me
suis regardé comme le plus malheureux des hommes. J'ai manqué à la
délicatesse, à l'honneur ; j'ai mé-
connu la justice et la religion, en
ce qu'elles nous recommandent de
plus important, c'est-à-dire, en
persécutant une femme vertueuse
et sensible ; car ce n'est pas d'aimer
cette femme qui fait mon crime ;
c'est de l'avoir exposée à la perte
de son honneur et de son repos. Et
en second lieu, en trompant un

homme que je pourrais appeler
mon bienfaiteur, quoique je n'ambi-
tionnai jamais d'autre bien-être que
celui d'une honnête médiocrité;
mais que j'appellerai mon sincère
ami. Voilà, monsieur, les crimes
d'un célibat forcé. Chaque jour mes
feux se sont irrités par la défense
de les calmer au sein d'une vertueuse compagne; j'ai lutté long-
temps contre l'amour d'un sexe fait
pour nous tous, afin de me rendre
capable de remplir les devoirs
exigés dans mon état ; mais chaque
jour rendait cette lutte plus difficile.
Je me sentais des dispositions pour
servir l'église, et de bonne foi, je
m'y suis jeté; mais à peine mes

vœux furent-ils prononcés, que je
sentis que les hommes, et non pas
Dieu, me prescrivaient des lois au-
dessus de la force humaine. J'en
acquis d'autant plus la preuve,
que les pages de l'histoire s'ouvri-
rent devant moi, et que la vie par-
ticulière de mes supérieurs est parta-
gée entre ce qu'ils appellent *le pur
et l'impur*. Heureux celui d'entre
eux qui peut tenir long-temps un
voile épais sur cette conduite si
fort en opposition avec cette absti-
nence, prêchée trop souvent sur le
ton de la sévérité la plus morti-
fiante et la plus dure. Voilà la
source du reproche d'hypocrisie,
de fausseté, que le peuple fait sans

cesse à l'homme du sanctuaire qui prêche ce qu'il n'observe pas lui-même. Ce n'est pas que le peuple fasse un crime au prêtre catholique d'être homme avant tout ; mais c'est que le peuple déteste que le prêtre affecte du mépris pour ce qu'il convoite et possède dans le secret. Et l'homme avant tout, vous le savez, veut dire l'homme de la nature.

Je suis encore à deviner dans quels intérêts le Vatican maintient depuis si long-temps des lois qui mettent sans cesse l'homme en ré-bellion contre lui-même. Tous les syllogismes sont épuisés pour justi-fier ce qui ne peut trouver grâce, ni devant Dieu ni devant toutes les

générations présentes et à venir.
On a beaucoup fait valoir quelque
part la raison d'état; mais se peut-
il que l'accroissement des familles
fasse tort à quelque état que ce soit?
Que de bons cultivateurs, que de
gens industrieux, que de bons soldats, que d'hommes capables en
tous genres de servir les gouverne-
mens, sont sortis du néant lorsqu'on
a défendu, sous les peines les plus
sévères, la vie stérile du célibat,
qu'avaient embrassée, avec un enthousiasme fanatique, tant de com-
pagnies religieuses de divers cultes?
La paresse et l'hypocrisie n'ont
jamais rien produit de bon ; c'est
bien mal entendre l'économie poli-

3.   22

tique que de les tolérer dans quelque
contrée que ce soit. L'univers est
d'un vaste incalculable ; il est pour
contenir tous les hommes présens
et à venir. N'oublions pas ce que
Pline le naturaliste a dit des *Esse-*
niens, espèce de prêtres voués aussi
au célibat et dont il fallait vénérer
la virginité qu'eux-mêmes ne véné-
raient pas toujours ! — Race indes-
tructible, qui est le tombeau *des*
autres races; race qui ne meurt point
et où personne jamais ne prend
naissance; race qui étouffe autant de
générations qu'elle acquiert de pro-
sélytes et d'élèves.

Ce n'est donc pas, monsieur,
mon peu de courage à lutter contre

la nature, que je vais expier; c'est
ma douleur, ce sont les regrets qui
me déchirent, c'est la honte de ma
position qui me rend à charge à
moi-même, que je vais faire cesser;
donc à l'instant que vous recevrez
ma lettre, je ne vivrai plus. Le
suicide est un crime, je le sais;
mais c'est à mon Dieu seul qu'il
appartient de m'en punir, d'autant
plus que je n'aurai fait de mal qu'à
moi-même, et encore aurai-je
servi à renforcer, dans ceux qui
verront mon cadavre ensanglanté
par mes mains, l'horreur que cette
action doit inspirer. Le suicide fait
une impression plus salutaire que
la punition qui lui est appliquée.

Cette punition comporte en soi un scandale épouvantable; la lacéra-tion, la souillure des restes inanimés du malheureux qui s'est ôté la vie, blesse la morale au lieu de la servir! Que dis-je? cette punition endurcit les uns, désespère les autres, et peut même donner les dégoûts de la vie, bien loin de porter à sa con-servation. Les restes d'un coupable, quel qu'il soit, doivent être respec-tés; le fanatisme seul peut se por-ter à ces excès : la philosophie les ré-prouve, cette philosophie si active à rechercher la vérité et le bon-heur des hommes!

Je vous fais remettre votre or; j'aurais disposé tout autrement de

moi, que je vous l'eusse fait égale-
ment remettre. Adieu, monsieur,
il est temps que je meure ;... j'abandonne mon âme à Dieu, qui est trop
bon pour la condamner à des tourmens infinis.... J'ose aussi faire mes
adieux à celle que j'aime encore ;...
qu'elle me donne une larme, je la
lui demande pour la première et la
dernière fois !

» FERNANDO. »

Cette lettre nous plongea mon
frère et moi dans une très-grande
consternation ; notre douleur était
d'autant plus pénible qu'il fallait
en dissimuler toute l'étendue. Mon
frère se transporta aussitôt à l'auberge indiquée ; en effet, le suicide

était consommé. Le bruit en vint
bientôt aux oreilles de mon époux,
qui ne put deviner la cause d'un si
grand désespoir, et qui, comme vous
le pensez bien, ne la connut jamais.
Je tombai malade à mon tour à la
suite de cette catastrophe, et depuis
mon frère en resta vivement affecté.

Rien n'égala les inquiétudes de
Berestfort quand il me sut alitée;
mon frère ne pouvait le rassurer.
Néanmoins je me rétablis en moins
de deux mois. Enfin, quant à Berestfort, je songeai sérieusement à
l'obliger à reparaître dans la société;
je le conjurai de se rendre à la
raison ; je le voulus absolument, et
il m'obéit. De plus, son père qui

remplissait à la cour d'Angleterre
un emploi éminent, l'obligea aussi
de revenir à Londres ; ce père sensible était sur le point de perdre
patience.... Tant de considérations
et surtout un bracelet de mes cheveux et mon portrait, que je lui don-
nai, étant les témoignages certains
de mon amour, achevèrent de déterminer Berestfort, et il eut enfin le
courage de s'éloigner de la Pologne.

Bientôt il se vit engagé dans la
carrière militaire à laquelle il était
destiné ; et par la suite elle s'ouvrit
devant lui, selon ses vœux, car il
savait combien j'aimais la valeur et
la gloire. Il combattit donc sous le
général Howv, lors du soulèvement

des colonies du nord de l'Amé-
rique. J'appris qu'il s'était honora-
blement distingué lors des premiers
avantages remportés par les Anglais
sur les nouveaux indépendans ; j'appris qu'il était décoré des signes de
la bravoure et de l'honneur. Mais,
dès ce moment, je cessai de recevoir
de ses nouvelles, ayant eu le malheur de perdre mon bien-aimé
frère, le seul qui fût dans notre
confidence. J'ignore comment, depuis cette époque, l'intervalle de
quelques années qui se sont écoulées, a été rempli par Berestfort ;
mais quand je le retrouve animé des
mêmes sentimens, vingt ans de
constance est une sorte d'hé-

roïsme qui me le rendra toujours
cher; et si je n'avais formé le
vœu.... Ah! n'achevez pas, s'écria
aussitôt Berestfort en interrompant ma mère et en tombant à ses
pieds, n'achevez pas, madame! et
récompensez plutôt, selon mes vœux
ardens, cette constance dont vous
daignez être touchée! Quoi! nul
obstacle ne vous retient plus, et
vous voudriez consommer ma perte!
Voyez, dit-il en découvrant son
sein, voyez cette image, ces traits
adorés, qui n'ont jamais quitté
cette place. Voyez, ajouta-t-il en
découvrant son avant-bras, cette
tresse de vos cheveux, ma chère
parure!... En honorant ma cons-

3.   23

tance, ma fidélité, voudriez-vous, aujourd'hui même, oublier tous les maux que j'ai soufferts ?... Et il versait des pleurs en s'exprimant ainsi. Cher Berestfort ! lui répliqua ma mère, hélas ! que puis-je vous répondre, sinon que je me dois maintenant toute à ma pauvre Lodoïska? En achevant ces mots ma mère me regarda, et je baissai les yeux en rougissant beaucoup. Il n'en fallut pas davantage, avec le silence que nous gardâmes alors ma mère et moi, pour faire naître des soupçons dans l'esprit de Berestfort, qui reprit aussitôt : Quoi ! il se pourrait que celui qui l'arracha de vos bras, fût assez traître, assez

lâche !.... Eh bien ! quand il en
serait ainsi, pensez-vous, madame,
qu'en devenant votre époux, je ne
me vouerai pas aussi à ce qui vous
est cher ?.... Hélas ! mes amies,
cessez d'être confuses !..... Belle
Lodoïska , je vous en conjure,
joignez vos prières aux miennes ;
sollicitez en ma faveur votre adorable mère ; aidez-moi à la déterminer. A votre âge on est sensible ;
et on doit persuader aisément un
cœur tel que le sien. Suppliez-la de
se donner un tendre époux ; de
vous donner à toutes deux l'ami
le plus fidèle et le plus dévoué.

Vous vous doutez bien quelle impression me fit cette prière de l'ai-

mable comte, et ce fut bien de tout
mon cœur que je me joignis à lui,
pour que ses vœux de félicité fussent
accomplis. Et puis je voyais que ma
mère ne s'en défendait que par
rapport à moi ; que dis-je ? elle
attendait même le consentement de
sa fille. Mère cent fois trop aimable , que ne te devais-je pas
déjà ! tu m'avais pardonné et tu me
comblais de tes bontés ! Enfin , elle
céda à nos instantes sollicitations,
et promit de s'unir à Berestfort,
après le terme assigné par les con-
venances à son état de veuve.

Le comte avait su tout ce qui me
concernait, parce qu'il arrivait depuis peu de jours de Varsovie où il

s'était transporté tout aussitôt qu'il avait pu. Il y avait appris mon évasion de cent bouches pour une ; la mort de mon oncle, son ami, celle de mon père, et le départ de ma mère ; mais sans que l'on pût lui dire dans quel pays elle pouvait être. On hasarda seulement qu'il se pourrait qu'elle fût en France, parce que celui qui m'avait enlevée, était un Français nommé *de Beauval ;* et, sans notre rencontre qu'il venait de faire en sortant de chez un de ses amis qui habitait Chatam, il allait nous chercher en France.

Quoiqu'il n'eût pas encore atteint sa quarantième année, il

venait de se démettre de tout
emploi, et allait peut-être long-
temps encore errer avec son même
chagrin.

Nous le confirmâmes dans les soupçons qu'il avait dû former d'abord,
par l'aveu tout entier de la vérité.
Il s'offrit aussitôt pour le parrain de
mon enfant, et il ajouta : Je lui
servirai de père. Ah ! combien
alors Berestfort me devint cher !

Nos amies de Lagrange parta-
gèrent vivement notre satisfaction,
et Berestfort fut bientôt aussi leur
ami.

Ainsi qu'il avait été dit, j'accou-
chai à Chatam ; je mis au monde un
fils ; je ne voulus le confier aux soins

d'aucune nourrice; nous en eûmes
la charge, ma bonne Eugénie et
moi, et nos deux mères nous aidè-
rent, par leur aimable expérience,
à remplir une tâche si douce.

Mon enfant avait six mois passés
lorsque ma mère se remaria. Il me
fut possible d'assister à cette pom-
peuse cérémonie, qui eut lieu à
Londres, où nous demeurâmes tous
chez mon beau-père. Mon enfant
s'éleva heureusement; à onze mois
il fut sevré, il jouissait d'une santé
parfaite et était très-fort. Quoiqu'il
me ressemblât beaucoup, il ne
passait pas pour être à moi, mais
pour être un enfant adoptif de ma
mère et de son époux. Il n'avait pas

plus de six ans qu'il savait lire et
écrire ; il annonçait de charmantes
dispositions, et était d'une sensibilité extraordinaire. Tout cela,
comme on le pense bien, le fit
beaucoup aimer de son cher parrain. Quant à ma mère, elle était
pour son petit-fils, ce que sont, en
général, les bonnes mamans : cela
veut dire qu'elle l'aimait à l'ido-
làtrie ? Elle n'avait pas d'enfans de
son second mariage.

Que j'étais heureuse pour avoir
été si coupable envers mes respec.
tables parens ! Pourtant, il faut que
je l'avoue, quand je descendais au
fond de mon cœur, je n'y sentais
pas des remords déchirans, affreux,

pour troubler la sorte de paix dont
il jouissait ; ma conscience ne me
reprochait pas un attentat volon-
taire contre les jours de mon père.
L'amour m'avait fait oublier des
devoirs sacrés ; mais, j'oserai le dire,
c'était presque à mon insu. Je ne
prévoyais nullement les suites funestes qui en devaient résulter. Enfin, j'avais à peine dix-sept ans,
mon moral était imparfait, quoique
mon cœur fût véritablement bon.
Le Ciel m'avait-il donc jugée moins
rigoureusement que je ne m'étais
jugée moi-même, puisque je fus
traitée par la suite comme une personne qui ne l'avait point offensé !
C'est une chose sur laquelle vous

allez être à même de prononcer.

Et nous aussi, lecteurs, nous pro-
noncerons dans le quatrième et
dernier volume de cette histoire.
Vous vous apercevez peut-être que
j'aime à faire reposer un peu votre
attention, par la manière dont j'ai
divisé le récit de M. Edmon. C'est
qu'il est assez ordinaire que de
gros volumes causent de l'ennui; et
surtout aujourd'hui que la vie privée des hommes ne nous attache
guère, si elle n'est en quelque sorte
unie à la destinée des peuples.
C'était, dit-on, l'âge d'or que celui
où une aventure écrite attirait l'attention de tout un royaume. Ah!
ne le croyez pas. Heureux plutôt

les hommes , heureux les peuples ,
qui , à travers de grandes calamités ,
sont parvenus à la dignité d'eux-
mêmes ! Loin de notre mémoire
ces temps où le sort d'un roman ,
d'une bleuette , causait une rumeur
publique ; et loin surtout de notre
mémoire ces temps où un homme
passait pour hardi et virulent ,
quand il effleurait indirectement
les travers , les vices des classes pri-
viligiées ; où la clémence d'un des-
pote daignait pardonner une heureuse saillie qui cachait le triomphe
d'un peu de patriotisme !.... Il faut
donc au moins aujourd'hui , si une
vie privée ne peut rien fournir à
l'histoire des peuples , qu'elle nous

offre le tableau de quelques vertus
nationales ; le tableau de cette grandeur d'âme qui distingue le citoyen
d'une contrée libre et glorieuse, du
malheureux esclave dont la présence atteste assez l'existence du
crime.

FIN DU TROISIÈME VOLUME.

www.ingramcontent.com/pod-product-compliance
Lightning Source LLC
Chambersburg PA
CBHW051638050726
47502CB00011B/1086